Eugen Eberhard

Die Aristotelische Definition der Seele und ihr Werth für die Gegenwart

Eugen Eberhard

Die Aristotelische Definition der Seele und ihr Werth für die Gegenwart

Unveränderter Nachdruck der Originalausgabe von 1868.

1. Auflage 2022 | ISBN: 978-3-37506-070-1

Verlag: Salzwasser Verlag GmbH, Zeilweg 44, 60439 Frankfurt, Deutschland
Vertretungsberechtigt: E. Roepke, Zeilweg 44, 60439 Frankfurt, Deutschland
Druck: Books on Demand GmbH, In de Tarpen 42, 22848 Norderstedt, Deutschland

DIE ARISTOTELISCHE

DEFINITION DER SEELE UND IHR WERTH

FÜR DIE GEGENWART.

———

Von

EUGEN EBERHARD.
Dr. phil.

BERLIN.

Verlag von W. Adolf & Co.

H. Henget.

1868.

Vorwort.

Die vorliegende kleine Schrift, welche schon vor längerer
Zeit ausgearbeitet war, bezweckt weniger durch Aufstellung
neuer Gesichtspunkte als durch eine übersichtliche Zusam-
menstellung des von Anderen Geleisteten die Lösung einer
der wichtigsten Fragen der Psychologie zu fördern. Die
Abhandlung lehnt sich wesentlich an die Schriften des hoch-
verdienten Herrn Prof. Trendelenburg an, welchem, wie so
viele, auch der Verfasser seine philosophische Ausbildung
verdankt. Wäre die geistreiche Schrift von Brentano: „Die
Psychologie des Aristoteles" (Mainz 1867), von welcher die
meisten Capitel in enger Beziehung zu dieser Schrift stehen,
dem Verfasser eher zu Gesicht gekommen, als bis er schon
zum grössten Theil seine Arbeit vollendet hatte, so würde
er natürlich häufig auf sie Bezug genommen haben. Nur
im Anhang konnten die einschlägigen Capitel jener Schrift,
besonders die Lehre vom νοῦς ποιητικός, in der Kürze dar-
gestellt werden. Der Verfasser wird sich jedoch nicht ver-
sagen, an einem andern Orte auf diese Schrift zurückzu-
kommen, da hier Zeit und Umstände eine ausführlichere Be-
sprechung nicht zuliessen. Die Schriften, welche bei der
Darstellung der einzelnen Punkte gefördert haben, besonders
die von Trendelenburg und Bonitz, ebenso wie die verdienst-

vollen Abhandlungen von Pansch und G. Schneider, sind an den betreffenden Stellen citirt.

Möchte die anspruchslose kleine Schrift vor allem die Zufriedenheit meines lieben Vaters sich erwerben, der seine genaue Kenntniss des Aristoteles durch gründliche Untersuchung naturwissenschaftlicher Schriften desselben bethätigt hat.

Berlin, den 18. März 1868.

Erst allmählich wandte sich der Blick des Menschen, der anfangs seine Betrachtungen nur auf die äussere Natur beschränkt hatte, auf das Subjekt selbst, auf den Geist, welcher der Träger der mannichfaltigen Wahrnehmungen ist und die Dinge und ihre Veränderungen denkend zu erklären versucht. Da aber die geistigen Vorgänge nach unserer Erfahrung stets vereinigt mit den Erscheinungen des leiblichen Lebens vorkommen, so geschah es, dass man anfangs die Begriffe des geistigen und körperlichen Lebens fast nicht unterschied. Finden wir bei Heraklit die Anfänge einer materialistischen Seelenlehre, so tritt diese schon bestimmter hervor bei Empedocles. An Stelle der Qualitäten der Elemente liessen dann die Atomiker die Gestalt der Atome treten. Doch beim Fortschreiten der denkenden Betrachtungen musste bald die Verschiedenheit beider Erscheinungsgebiete empfunden und durch die Annahme verschiedener Substrate derselben anerkannt werden. Daher setzte man auch für die psychischen Erscheinungen ein Wesen voraus, das dieselben trage, ebenso wie man früher schon für die körperlichen Erscheinungen die Materie oder verschiedene materielle Stoffe als Träger angenommen hatte. Dieser Fortschritt wurde bewirkt durch Anaxagoras, aber auch er vermochte noch nicht, alle Vorstellungen der Räumlichkeit und Körperlichkeit dabei von sich fern zu halten.

Dieser Gegensatz der körperlichen und geistigen Substanzen ist es, der die ganze spätere Philosophie durch-

1

zieht. Schon die Philosophen der Griechen haben sich bemüht, diesen schroffen Gegensatz zu überwinden, allein es ist nur ein Versuch geblieben. So wird das 'platonische System mit Recht als ein fruchtloses Ringen gegen den Dualismus bezeichnet. Dies wird deutlich besonders in seiner Lehre von der menschlichen Seele, obgleich ihm das wesentliche Verdienst nicht abzusprechen ist, zuerst von den griechischen Philosophen sie einer eingehenden Betrachtung unterworfen zu haben. Wir beschränken uns darauf, seine Lehre von den Theilen der Seele kurz darzulegen, die allein deutlich ausgeprägt ist, während die Lehre über die Entstehung der Seele und ihre Präexistenz, in welchen Anfangspunkt alle geschichtliche Entwicklung einst zurückkehren wird, ins Gewand mythischen Dunkels gehüllt ist.

Die Seele als ein unsichtbares Wesen ist mit den Ideen als unsichtbaren, einfachen und unzerstörbaren Objekten näher verwandt, darum muss sie auch der Sinnlichkeit entbehren. Die Folge davon ist, dass nach Plato die Seele, die den Sinnen unterworfen ist, in zwei Theile getheilt werden muss, einen göttlichen, der von einem besseren Zustand aus in den menschlichen Körper übergegangen ist und im Haupt seinen Sitz hat (Tim. 69 D ff.), und einen niedern, den Träger der sinnlichen Wahrnehmung und Empfindung. Da aber beide Theile unverbunden nebeneinander stehen würden, so sucht Plato diesem Uebel durch Trennung dieses der Vernunft entbehrenden Theils in einen höhern und einen niedern abzuhelfen, von denen der erste Theil seinen Sitz in der Brust, der zweite im Bauch hat. So finden wir drei Seelenvermögen: die Vernunft, τὸ λογιστικόν und ihr gegenüberstehend τὸ θυμοειδές und τὸ ἐπιθυμητικόν. Welche von denselben unsterblich, welche sterblich sind, ist von Plato nicht klar ausgesprochen. Im Phaedros (pag. 245 ff.) nämlich nimmt er eine Präexistenz der beiden niedern Seelen an, ebenso Legg. X, pag. 895, wo er sagt, dass alles, was durch seine Kraft bewegt wird, ohne Ende bewegt werden muss. Wenn aber der Körper nicht bloss durch die Vernunft, sondern

auch durch die Begierden*) gelenkt wird, diese aber unmöglich die Vernunft zur Leiterin haben können, so ist es
nothwendig, hiernach auch dem unvernünftigen Theile eine
Gemeinschaft am Leben zuzugestehen, den Socrates im Phae-
do (pag. 105 ff.) als mit dem Begriff der Seele so eng
verbunden lehrt, dass kein Theil ohne den andern gedacht
werden kann. Im Timaeos hingegen scheidet Plato deutlich den sterblichen und unsterblichen Theil der Seele und
zwar so, dass jenem die Begierden und Affecte, diesem aber
ein θεῖον ἡγεμονοῦν zugeschrieben werden. Der höchste
Gott verleiht der Welt den unsterblichen Theil, während er
alles, was sterblich ist, den Sternen, als den niedern Göt-
tern, überlässt. Alle diese Seelenkräfte sind aber nothwendig unter sich in Harmonie zu bringen, denn es zeigt sich,
dass die einzelnen sich oft widerstreben, und zwar ist diese
Harmonie nur durch unbedingte Unterordnung der zwei andern Theile unter die Vernunft zu erreichen. So sind diese
drei Vermögen bei Plato fast wie drei Seelen scharf von
einander getrennt; was sich um so deutlicher darin zeigt,
dass die begehrliche Seele auch den Pflanzen, der Muth
auch den Thieren zukommt (Tim. 77 B. Rep. IV, 441). Durch
den Eintritt ins körperliche Dasein geht die Vernunft fast
gänzlich im Unbewusstsein unter: beim Kind sind die Begierden vorherrschend. So wird das Unbewusste zur Vor-
aussetzung und zum bedingenden Moment des Bewussten,
und das θυμοειδές vertritt bei ihm erst noch die Stelle der
ganz unentwickelten Vernunft. So scheint der Gedanke der
Stufenfolge darin zu liegen: „Pflanze, Thier, Mensch" und
zwar so, dass die niedern Theile der Seele ohne die höhern, nicht aber diese ohne jene existiren können. Aber
auch den Menschen hat er eine ungleiche Kraft jener Seelenvermögen zugeschrieben. So characterisirt das Vorherr-

---

*) Phileb. p. 35 C.: σώματος ἐπιθυμίαν οὔ φησιν οὗτος ὁ λόγος γίγ-
νεσθαι. Phaed. p. 65 A: τῶν ἡδονῶν αἳ διὰ τοῦ σώματός εἰσιν. Vergl.
Genaueres in: disputatio de partibus animae immortalibus secundum
Platonem, im Index Schol. Gott. 1850.

schen je eines dieser Theile (Rep. IV, 435) die erwerbs-
lustigen Phönicier und Aegypter (τὸ φιλοχρήματον), die muth-
vollen nördlichen Barbaren (τὸ θυμοειδές) und die Bildung
liebenden Hellenen (τὸ λογιστικόν).

Gegen diese Lehre erheben sich aber gewichtige Bedenken. Wenn zwar auch Plato die Einheit der Seele fest-
halten will, so hat er doch in der That dadurch, dass er
sie so gespalten hat, dass einzelne Theile derselben für sich
existiren können und dadurch, dass eine Verbindung der
Vernunft mit den beiden übrigen Seelentheilen, welche ihrem
Wesen nach unverbindbar sind, nicht gedacht werden kann, eine
Mehrheit von Seelen im menschlichen Körper angenommen.

Mit dieser Ansicht des Plato berührt sich zwar in vie-
len Einzelheiten Aristoteles, doch geht er in den wichtigsten
Fragen über denselben hinaus. Er hat ein offenes Auge für
den Hauptmangel der platonischen Lehre. So sagt er in
Bezug auf Platos Behauptung, die Seele sei theilbar: τί οὖν
δή ποτε συνέχει τὴν ψυχήν, εἰ μεριστὴ πέφυκεν; (de an. 1,
5, 24)*) und zeigt, dass wenn in dem Menschen eine Mehrheit solcher Theile der Seele, die vielmehr eine geordnete
Summe verschiedener Lebensprincipien seien, welche nur
durch ihre gemeinsame Wohnung in demselben Leibe zu
einer gewissen Einheit verbunden wären, sich finde, dasjenige,
was sie zu einer Einheit bringe, wieder eine Seele sein
müsse, denn der Körper sei nicht im Stande, die Seele zu-
sammenzuhalten. Hierbei könne man wieder dieselbe Frage
aufwerfen, ob diese theilbar sei oder nicht, und so könne
dieser Prozess ins Unendliche fortgehen. Auf der andern
Seite aber könne nicht jedem Seelentheil eine bestimmte
Stelle im Körper zugeschrieben werden, da die sämmtlichen
niedern Seelentheile auch in den zertheilten Pflanzen und
Thieren noch thätig seien, der höhere aber, die Vernunft,
zu dem Körper in keiner Beziehung stehe.

---

*) Die Citate aus der Schrift de anima sind sämmtlich nach Tren-
delenburg's verdienstvoller Ausgabe: Arist. de an. libri III. Jenae 1833,
die überhaupt dieser ganzen Abhandlung als Grundlage dient.

Hat somit Aristoteles diesen durchgreifenden Mangel bei Plato erkannt, so hat doch auch er ihn nicht völlig zu überwinden vermocht. Besonders findet sich auch bei ihm die dualistische Gegenüberstellung von körperlichen und geistigen Substanzen. Namentlich darf man seine Lehre von der Materie und den Formen unter diesem Gesichtspunkt betrachten. Zwar sollen beide nur dem Begriff nach unterscheidbar sein, das Wesen der Dinge sich erst vollständig in ihrer eigenthümlichen Vollkommenheit zeigen, allein unsre Betrachtung wird darthun, dass Aristoteles vergeblich versucht hat, den Gegensatz auf diese Weise zu lösen.

Nach Aristoteles gibt die Definition eines Begriffs nicht nur die blosse Wort-, sondern auch die Sinnerklärung, und zwar ist sie $\gamma\nu\omega\varrho\iota\sigma\mu\dot{o}\varsigma$ $o\dot{v}\sigma\dot{\iota}\alpha\varsigma$ (anal. post. 90 b. 16), $o\dot{v}\sigma\dot{\iota}\alpha$ aber bezeichnet das, was nicht von einem andern ausgesagt werden kann, also in spezifischer Unterscheidung von allem Andern das eigenthümliche Wesen, das Wesentliche im Gegensatz zum Unwesentlichen. Ist dies der Fall, so muss bei Aristoteles aus der Definition, wenn sie recht beschaffen ist, die ganze Lehre über einen Gegenstand hervorgehen. Es wird daher nicht unpassend sein, auch hier, wo es sich um die Psychologie des Aristoteles handelt, die Definition desselben von der Seele voranzustellen, um aus ihr dann seine Lehre von der Seele abzuleiten.

Er definirt sie aber de an. 2, 1, 5 mit den Worten: $\psi\upsilon\chi\acute{\eta}$ $\dot{e}\sigma\tau\iota\nu$ $\dot{e}\nu\tau\epsilon\lambda\acute{e}\chi\epsilon\iota\alpha$ $\dot{\eta}$ $\pi\varrho\acute{\omega}\tau\eta$ $\sigma\acute{\omega}\mu\alpha\tau o\varsigma$ $\varphi\upsilon\sigma\iota\kappa o\tilde{\upsilon}$ $\delta\upsilon\nu\acute{\alpha}\mu\epsilon\iota$ $\zeta\omega\grave{\eta}\nu$ $\check{e}\chi o\nu\tau o\varsigma$. So viel steht von vorn herein fest, dass Aristoteles durch seine Definition die Seele aus der grossen Menge von $o\dot{v}\sigma\dot{\iota}\alpha\iota$, was den allgemeinen Begriff bezeichnet, heraushebt und nur auf die physischen Körper bezieht, die Definition also den von Aristoteles gestellten Anforderungen entspricht.

Die richtige Erklärung der Definition beruht wesentlich auf dem Begriff der $\dot{e}\nu\tau\epsilon\lambda\acute{e}\chi\epsilon\iota\alpha$. Da aber dieser in der nächsten Beziehung zur $\delta\acute{\upsilon}\nu\alpha\mu\iota\varsigma$ und $\dot{e}\nu\acute{e}\varrho\gamma\epsilon\iota\alpha$ steht und ohne diese Begriffe nicht erklärt werden kann, ist es nöthig, Weniges über diese Begriffe vorauszuschicken. Ich schliesse mich hierin eng an die trefflichen Erörterungen von Bonitz an, der über diesen Gegenstand in seinem Commentar zu Aristoteles Metaphysik ausführlich gehandelt hat. Aristoteles unterscheidet zwei Arten von δύναμις, die eine ist das Vermögen (Metaph. 1019ᵃ 15—ᵇ 21), die andere die Möglichkeit (1019ᵇ 22—33). Die letztere entbehrt bei Aristoteles einer bestimmteren Definition, bezeichnet aber, dass etwas überhaupt geschehen kann, sein Gegentheil also nicht nothwendig falsch ist und ὅταν μὴ ἀναγκαῖον ᾖ τὸ ἐναντίον ψεῦδος εἶναι οἷον τὸ καθῆσθαι ἄνθρωπον δυνατόν (Metaph. 1019ᵇ 28—30), wie z. B. die Möglichkeit vorhanden ist, dass eine Hermesstatue aus einem Holz gemacht wird. Diese δύναμις hat jedoch nur für die Logik Bedeutung. Weit wichtiger für unsere Zwecke ist die andere δύναμις, die Aristoteles genauer als ἡ κατὰ κίνησιν δύναμις, als ἀρχὴ μεταβολῆς ἐν ἄλλῳ ἢ ᾗ ἄλλο, also als ein Vermögen, das nach Bewegung und Veränderung strebt, bezeichnet; πρώτη δύναμις aber nennt er sie entweder, weil sie selbst die Kraft der Veränderung in sich trägt (Trendelenburg de an. pag. 299), oder weil sie mit der Natur des Dings von Anfang an so eng verbunden ist, dass sie seinen Begriff selbst constituirt (Bonitz pag. 233). Ueber die verschiedenen Arten dieser πρώτη δύναμις verweise ich auf Bonitz' Commentar pag. 253 ff. Einiges, was hier übergegangen ist, wird an geeigneter Stelle erläutert werden.

Diese δύναμις also ist für uns insofern wichtig, als sie im Gegensatz zur ἐνέργεια und ἐντελέχεια vorkommt. Weil sie die Materie, die ὕλη, nicht als ein fertiges, für sich bestehendes Ding, sondern als etwas nur der Möglichkeit nach Seiendes bezeichnet ὃ καθ᾽ αὑτὸ οὐκ ἔστι τόδε τι (de an. 2, 1, 2), erklärt Aristoteles die Materie geradezu als δύναμις, denn die Materie hat in sich die Fähigkeit, dass aus ihr Alles komme. Darum werden ihr auch die gleichen Prädikate wie der δύναμις beigelegt. Sie ist das Unbestimmte, ἀόριστον, und fasst das Entgegengesetzte in sich, der Möglichkeit, nicht aber der Wirklichkeit nach. Sie ist seiend und doch auch nichtseiend. Wie nun Aristoteles die ὕλη als δύναμις bezeichnet, so das der ὕλη entgegengesetzte εἶδος als ἐνέργεια und ἐντελέχεια (de an. 2, 1, 2). Sie ist die Vollendung, die Erfüllung dieser Anlage; sie verhält sich zur δύναμις wie τὸ οἰκοδομοῦν πρὸς τὸ οἰκοδομικόν, τὸ ἐγρηγορὸς πρὸς τὸ καθεῦδον καὶ τὸ ὁρῶν πρὸς τὸ μύον μὲν ὄψιν δὲ ἔχον, καὶ τὸ ἀποκεκριμένον ἐκ τῆς ὕλης πρὸς τὴν ὕλην, καὶ τὸ ἀπειργασμένον πρὸς τὸ ἀνέργαστον (Metaph. 1048b, 1); sie ist daher begrenzt und bestimmt, so dass sie nicht eine andere Definition oder Composition in sich aufnimmt, ἡ ἐντελέχεια χωρίζει (Metaph. 1039a, 7), geht, während die δύναμις sich auf das Viele bezieht, auf das Eine; sie nimmt von den entgegengesetzten Dingen nur eines in sich auf.

Ἐντελέχεια und ἐνέργεια aber unterscheiden sich so, dass ἐνέργεια συντείνει πρὸς τὴν ἐντελέχειαν, (Metaph. 1050a 23) ἡ ἐνέργεια — ἡ πρὸς ἐντελέχειαν συντιθεμένη (Metaph. 1047b 30). Die Energie, abgeleitet von ἐνεργεῖν, ist Werden als Bewegung und Veränderung, durch welche etwas aus der blossen Möglichkeit zur vollen Wirklichkeit geführt wird; die Entelechie, τὸ ἔχειν τὸ τέλος ἑαυτοῦ ἐν ἑαυτῷ, ist dieselbe Thätigkeit zugleich im Verhältniss zu einem Ziel, wiefern sie in einer hierdurch bestimmten Art oder Beschaffenheit stattfindet. Dies wird deutlich aus Phys. 202a 13. Wenn daselbst Aristoteles sagt: τὸ ἀπορούμενον φανερὸν ὅτι ἐστὶν ἡ κίνησις ἐν τῷ κινητῷ. ἐντελέχεια γάρ ἐστι τούτου καὶ ὑπὸ τοῦ κινητικοῦ. καὶ ἡ τοῦ κινητικοῦ δὲ ἐνέργεια οὐκ ἄλλη ἐστίν (vergl. Trendelenburg de an. pag. 297), so erhellt, dass von der Entelechie das κινητόν, von der ἐνέργεια aber das κινητικόν ausgesagt wird, also dass die Entelechie dem, was bewegt werden kann, die Energie aber dem, welches die Fähigkeit des Bewegens in sich hat, zukommt. Die erstere ist passiv, die zweite activ; die Energie ist also der Thätigkeit näher. Der Modus des Uebergehens von der Möglichkeit in die Wirklichkeit ist die κίνησις. Diese gehört ihrem Begriff nach weder der einen noch der andern an, sondern ist ein Schweben zwischen Möglichem und Wirklichem. Daher bezeichnet Aristoteles die κίνησις als eine ἐνέργεια, ἀτελὴς μέντοι (de an. 2, 5). Sie ist aber auch ἐντελέχεια κινητοῦ ἀτελής (Phys.

257b 8), denn erst durch ihre Wirkung tritt die ἐντελέχεια ein.

Das aber, was in der einen Beziehung uns als ὕλη und
δύναμις erscheint, kann in einer andern ἐνέργεια und ἐντελέχεια sein und umgekehrt, indem z. B. die ὕλη dann ἐντελέχεια genannt werden kann, wenn sie aus einer allgemeinern Materie hervorgeht. So finden wir bei Aristoteles eine
Stufenfolge vom Niedern zum Höhern, aber so, dass er
das Niedere nie fallen, sondern dasselbe im Höhern immer
zugleich sich finden lässt. Das Höhere ist stets Form, Bewegungsprincip und Zweck des Niedern. Also ist dasselbe,
obgleich es der Zeit oder der Anschauung nach das Letzte
ist, doch seinem Wesen und Begriff nach vorangehend, dem
Wesen nach, insofern als jedes Ding aus einem andern entsteht, das schon der Entelechie nach vorhanden ist, der Zeit
nach, indem die ἐντελέχεια insofern früher sein muss, als
Alles, was vorhanden ist, (cf. Metaph. 1050ᵃ 4 — ᵇ 6) aus etwas entstehen muss, was der ἐντελέχεια nach schon vorhanden war. Die Entelechie ist aber auch vorzüglicher als die
δύναμις, weil das Wirkende stets an Würde das Leidende
übertrifft (de an. 3, 5, 2) und weil während sonst zur Ver-
wirklichung stets Stoff und Form zusammengehören, die
Gottheit die einzige Ausnahme bildet, indem sie die stoff-
lose, ewige Form ist, die reine, mit keiner Potenzialität be-
haftete Aktualität.

Wenn nun Aristoteles diese Entelechie als die eines
σῶμα φυσικόν bezeichnet, so wird es nöthig sein, auch diesen Begriff näher ins Auge zu fassen. Als den allgemeinen
Character dessen, was von Natur ist, bezeichnet Aristoteles
(Phys. 192ᵇ 20), dass es den Grund seiner Bewegung und
Ruhe in sich selbst trage, also ihm der Antrieb zu den Veränderungen ursprünglich einwohne, was bei keinem Kunst-
werk der Fall sei. Das zum Gebiet der Natur Gehörige ist
entweder selbst Körper oder hat einen Körper oder ist Princip
von solchen Wesen, die einen Körper haben (de coelo init.).
Von der φύσις aber sagt Aristoteles, dass sie διχῶς λεγο-
μένη καὶ οὖσα sei; ἡ μὲν ὡς ὕλη, ἡ δὲ ὡς οὐσία (de part.

anim. 641a 25) und ἐπεὶ ἡ φύσις διττή, ἡ μὲν ὡς ὕλη, ἡ δὲ ὡς μορφή, τέλος δ᾽ αὕτη, τοῦ τέλους δ᾽ ἕνεκα τἄλλα, αὕτη ἂν εἴη ἡ αἰτία ἡ οὗ ἕνεκα (Ausc. phys. B. 8). So fasst Aristoteles die Natur auf bald als selbstkräftig und selbstthätig durch Immanenz oder Lebendigkeit des Seins als eben nur in ihr, obgleich in Form des Werdens, d. h. als unvollendete, unvollkommene Natur- oder Weltwirklichkeit, bald aber als Materie, als nicht zureichend in Bezug auf Grund und Ziel. Alle physischen Körper theilen sich aber in solche, welche leblos sind, und in solche, welche Leben haben, d. h. welche denken, empfinden, örtlich sich bewegen, sich ernähren, wachsen, abnehmen, mögen alle diese Operationen oder nur einige von ihnen in dem Wesen gefunden werden (de an. 2, 2, 2).

Was endlich den Ausdruck ὀργανικόν betrifft, so versteht Aristoteles (nach de an. 2, 1) darunter Körper, deren Theile auf ein bestimmtes Ziel bezogen einer bestimmten Handlung als Werkzeuge dienen, wie das Blatt zur Bedeckung der Fruchtschale und diese zur Bedeckung der Frucht dient: de part. anim. 645 b. 14: τὸ μὲν ὄργανον πᾶν ἕνεκά του. Auch die Pflanzentheile gehören hierher: ὄργανα δὲ καὶ τὰ τῶν φυτῶν μέρη cf. Trendelenburg, de an. pag. 331. Jeder organische Körper ist aus den vier Elementen zusammengesetzt (de gen. et corr. 2, 7). Diese Verbindung der vier Elemente wird aber in allen lebendigen Einzelwesen von einem ätherischen Stoff durchdrungen, der das unmittelbare Substrat der Lebenskraft und das Princip der Lebenswärme ist. Hierzu gehören die Pflanzen, Thiere und Menschen.

Nach Auseinandersetzung der nöthigen Grundbegriffe wird sich die Erklärung der aristotelischen Definition der Seele leicht ergeben. Wenn Aristoteles die Seele als die ἐντελέχεια bezeichnet und den Körper als die δύναμις desselben, so meint er damit, dass der Körper die Materie ist, wenn auch nicht eine untergeordnete Materie (de an. 2, 1, 5), aus welcher als dem Grund die Seele sich gleichsam erhebt. Der Körper ist τὸ ὑποκείμενον καὶ ἡ ὕλη (de an. 2, 1, 2), also die äussere Bedingung, ohne welche das Leben nicht bestehen kann. Während daher dieser bewegt wird, muss von der ἐντελέχεια, der Form, die Bewegung ausgehen, welche wesentlich vom Körper verschieden ist. Im Körper ist also der Möglichkeit nach das vorhanden, was die Seele dann verwirklichen soll. Die Seele ist das Princip seines Lebens, sie macht das Wesen des belebten Körpers aus. Käme ihr durch äussere Umstände Bewegung zu und würde sie somit dieselbe von einem andern erfahren, dann würde das Thier durch Gewalt gestossen werden (de an. 2, 1, 8). Es liegt daher auf der Hand, dass diese Bewegungen, die im Körper schon der δύναμις nach liegen, nicht gewaltsam, sondern natürlich (de an. 1, 4, 10) sind. Denn nach Aristoteles geht auch beim Trauern und den übrigen Bewegungen der Seele diese Bewegung von der Seele aus (de an. 2, 1, 8). Alles Leben beruht aber auf der Macht, mit der sich das lebende Wesen selbst bewegt, τὸ ἔμψυχον. Dadurch aber unterscheidet sich dasselbe wesentlich und zwar substantiell von dem ἄψυχον, denn der Unterschied ihrer Substanzen öffenbart sich im Unterschied ihrer Bewegungen und Thätigkeiten (de an. 1, 1, 9). Das Leben ist das substantielle Sein des Lebendigen, und die Seele, die αἰτία und ἀρχή des Lebens (de an. 2, 4, 4), wird als Princip von Substanzen selbst dem Gebiet des Substanziellen angehören müssen, weil alle Principien einer Substanz selbst der Kategorie der Substanz angehören müssen. Darum nennt auch Aristoteles die Seele geradezu eine οὐσία (de an. 2, 1, 4). Wenn aber die Seele die substantielle Form einer beseelten Materie ist, so ist sie keine Substanz für sich, sondern gehört wesentlich zum Körper und ist eins mit ihm. So wie das Siegel mit dem geformten Wachs (de an. 2, 1, 7) eins ist, so innig ist die Einheit der Seele mit ihrem Leib. Darum ist es unmöglich nach der Weise ihrer Existenz in ihm zu forschen, denn eine innigere Vereinigung kann es ja nicht geben als die, welche zwischen der Potenz und ihrer Aktualität besteht. Die Seele als Aktualität des Lebendigen ist also nicht selbst das Lebendige, sondern da dieses ja aus Form und Materie zusammengesetzt ist, nur ein Bestandtheil dessen, was lebt (de an. 2, 2, 12). Da bei ihnen das Sein der beseelten Substanzen das Leben

ist (de an. 2, 4, 4), so lebt bei ihnen nicht die Seele, sondern
der Leib durch die Seele, und wie er, und nicht die Seele es ist,
die lebt, ist auch er es und nicht die Seele, welcher die Lebensthätigkeit übt, nur übt er sie durch die Seele. Die Seele ist daher nur durch den abstrahirenden Verstand als etwas für sich
Besonderes gesetzt, sie ist οὐσία nur κατὰ λόγον, d. h. nur dem
Begriff nach. In Folge davon hat auch die Seele keine selbstän-
dige Definition, sondern kann nur mit Rücksicht auf die Materie
definirt werden; und wenn Aristoteles die οὐσία als eine συν-
θέτη (de an. 2, 1, 3) aus Materie und Form bezeichnet, so setzt
er doch noch ὡς davor, um auszudrücken, dass die Zusammensetzung nur begrifflich angenommen werde, während eine
wirkliche Zusammensetzung von δύναμις und ἐντελέχεια undenkbar sei. Da sonach jene Bewegung ein Doppeltes setzt,
ein Bewegendes und ein Bewegtes, Form und Materie, so
ist jedes lebende Wesen zusammengesetzt; der Körper wird
bewegt, die Form ist sein eignes Wesen. Die Form bewirkt
die Einheit: ἐπεὶ δὲ ἡ τῶν ζώων ψυχή (τοῦτο γὰρ οὐσία
τοῦ ἐμψύχου) ἡ κατὰ τὸν λόγον οὐσία καὶ τὸ εἶδος καὶ τὸ τί
ἦν εἶναι τῷ τοιῷδε σώματι. So ist die Substanz der lebenden Wesen die Seele: ψυχὴ οὐσία ἐστὶν ὡς εἶδος σώματος. φυ-
σικοῦ δυνάμει ζωὴν ἔχοντος. Die Seele aber bewirkt die Einheit des lebenden Wesens (de an. 2, 4).

Wenn wir schon bei Auseinandersetzung des Begriffs der
ἐντελέχεια sahen, dass diese nicht bloss Form und Bewegungsprincip, sondern auch Zweck der δύναμις sei und dass sie dem
Wesen und Begriff nach früher sei und höher stehe als die δύναμις, so muss dasselbe auch von der Seele, welche die ἐντελέχεια des Leibes ist, gelten. Die Seele bewirkt, dass der an
sich unthätige Körper sein Ziel erreicht, und bringt somit die
in demselben verborgenen Anlagen als zu seiner wahren
Zweckbestimmung ans Tageslicht, so dass der Körper durch
die Seele seine Vollendung empfängt. Darum ist auch das
höchste, was erreicht werden kann, der Gebrauch (Metaph.
1050a 24: ἐπεὶ δ' ἐστὶ τῶν μὲν ἔσχατον ἡ χρῆσις, οἷον ὄψεως ἡ
ὅρασις), wie das Auge erst seine Vollendung und Bedeutung
durch das Gesicht empfängt, während ohne dasselbe das

Auge nur einem gemalten ähnlich ist. Muss somit die Seele als Princip des Körpers zeitlich früher als derselbe vorhanden sein, so steht sie aber auch an Würde höher, da die Seele das active, der Leib das passive Princip ist, das erstere aber von Aristoteles als τιμιώτερον anerkannt wird, wenn er sagt: ἀεὶ γὰρ τιμιώτερον τὸ ποιοῦν τοῦ πάσχοντος καὶ ἡ ἀρχὴ τῆς ὕλης. Es zeigt sich in dem eben Gesagten, dass die Entelechie des Körpers nur auf organische Körper sich beziehen kann, deren Theile ein bestimmtes Ziel zu erreichen streben und einer bestimmten Handlung gleichsam zu Werkzeugen dienen. Nach all dem Vorhergehenden wird schon deutlich, dass nicht jede Materie von jeder beliebigen Seele beseelt sein kann, dass z. B. eine Thierseele nicht in einen menschlichen Leib eingehen kann. Ausdrücklich aber spricht sich Aristoteles darüber aus, wenn er de an. 1, 3, 22 zeigt, wie ungereimt die Annahme in den pythagoreischen Mythen sei, dass die durch Zufall gestaltete Seele auch einen Körper annehme von zufälliger Beschaffenheit, indem jeder eine besondere Form und Gestalt habe. Die Seele ist, sagt er 2, 2, 14, in einem Körper καὶ ἐν σώματι τοιούτῳ. Die Seele bestimmt das Wesen eines Körpers, und so ist es undenkbar, dass die Seele eines lebendigen Wesens im Leib des andern seine Wohnung nehme, wie dass die Natur der Flöte in eine Geige fahre. Aristoteles unterscheidet aber eine doppelte ἐντελέχεια, die sich zu einander verhalten, wie Thätigsein und Nichtthätigsein. Dies muss auch für die Seele gelten. Allerdings finden wir diese Erscheinung, indem das beseelte Wesen bald wacht, bald schläft, also bald von seinem Besitz Gebrauch macht, bald nicht. Derselbe Unterschied findet zwischen Wissenschaft und Wissen, zwischen ἐπιστήμη und θεωρία statt (de an. 2, 1, 5), indem die erstere die Form der Möglichkeit als Zustand, die letztere als wirkliche Thätigkeit ist. ἐπιστήμη ist die Fähigkeit zu wissen, durch welche die Betrachtenden handeln. So ist die Seele die Entelechie des Körpers und zwar die der Wissenschaft entsprechende, insofern als sie nicht immer thätig ist. Wie sich daher die erste und die zweite Entelechie unter sich wie *δύναμις* und *ἐνέργεια* verhalten, die zweite aber weit höher steht als die erstere, wie oben gezeigt ist, so ist die Seele nach ihrem Begriff der *δύναμις* wieder entsprechend, also niedriger stehend als die zweite Entelechie, zu der sie als zu ihrem Zweck und Ziel heranzustreben sucht, wie das Sehen im Sehenden, das Leben in der Seele (Metaph. 1050 a 24). So finden wir auch in der Lehre von der Seele die oben gezeigte Stufenfolge, indem das, was in Bezug auf eine niedrigere Stufe *ἐντελέχεια* ist, der höheren gegenüber sich als *δύναμις* erweist, die erst zur *ἐντελέχεια* strebt. Darum sagt Aristoteles de an. 3, 4, 6 *ἔστι μὲν ὁμοίως καὶ τότε δυνάμει πως*. Aristoteles nennt aber diese Entelechie der Seele die erste, weil sie dem Gebrauch vorangehen muss, also der zeitlichen Ordnung, nicht der Würde nach. So ist ein schlafender Geometer weiter von der Wirklichkeit entfernt als ein wachender, dieser aber weiter als ein so eben im Wissen begriffener.

Wir sagten schon, dass das Beseelte sich vom Unbeseelten durch das Leben unterscheide (de an. 2, 2, 2). Wenn Aristoteles die Seele als die formbildende Thätigkeit des organischen Leibes bezeichnet, welche vom Endpunkt aus den ganzen Bildungsprozess des Dings in Bewegung setzt und vollführt, so musste er natürlich auch dem Thiere und der Pflanze eine Seele zugestehen. Die den Pflanzenkörper bildende und gestaltende Seele ist nichts anderes als das organische Leben derselben, *τὸ θρεπτικόν*. Im Thiere zeigt sich die Seele nicht bloss als unbewusste organisirende Kraft, sondern auch als die bewussten Thätigkeiten der sinnlichen Wahrnehmung, Begehrung und willkürlichen Bewegung. Die Thierseele fasst auch noch die niederen Geistesfunctionen in sich. Dazu tritt in der Menschenseele noch das vernünftige Denken, der *νοῦς*. So lässt Aristoteles die Stufenfolge „Pflanze, Thier, Mensch“ eintreten und diesen die drei Seelenvermögen das *θρεπτικόν*, *αἰσθητικόν* und *διανοητικόν* entsprechen. An andern Stellen nennt er freilich fünf Seelenvermögen: *τὸ θρεπτικόν*, *ὀρεκτικόν*, *αἰσθητικόν*, *κινητικὸν κατὰ τόπον*, *διανοητικόν*. Allein es ist klar, dass die drei

Theile die eigentlichen Stufen des Lebens sind, während die andern nur für Unterabtheilungen gelten können, was besonders daraus hervorgeht, dass jede neue Lebensstufe höhere Kräfte haben muss als die frühere und jede niedere Stufe die Vorstufe der höhern ist, die nie übersprungen wird. Beides ist aber bei jenen Unterabtheilungen nicht durchgehends der Fall. Jedenfalls ist gleich von Anfang an der Gedanke abzuweisen, als ob in Folge davon, dass das höhere Wesen die Lebensfunction des niederen und eine andere hat, die sich nur in ihm findet, dasselbe zwei Seelen in sich habe, denn ein Beseeltes kann stets nur von einer Seele beseelt und belebt sein; von der Form empfängt die Substanz ihre Einheit.

Wir betrachten nun die drei Seelentheile im Einzelnen. Wie aber die ganze Seele die πρώτη ἐντελέχεια des σῶμα φυσικὸν ὀργανικόν war, muss dasselbe auch von den einzelnen Theilen gelten. Die unterste Stufe der in ununterbrochen aufsteigender Reihe beseelten Wesen bilden die Pflanzen mit der ihnen eigenthümlichen ψυχὴ θρεπτική. Sie ist die allgemeinste Form der Antheilnahme am Sein, sie ist das erste Vermögen der Seele, nach welchem das Leben in Allem ist (de an. 2, 4, 2); sie wirkt bewusstlos nur nach blinden Trieben und erhebt sich nur dadurch über die Welt der unorganischen Körper, dass sie dabei selbst bewegt, was ihr durch die Mehrheit ihrer Organe möglich wird. Auf ihr Objekt, den Nahrungsstoff, wirkt aber die ψυχὴ θρεπτική in dreifacher Weise ein, indem sie denselben anwendet, um ihr individuelles Leben zu erhalten, also als eigentliche Nahrung, denn das beseelte Leben kann, der Nahrung beraubt, nicht länger bestehen (de an. 2, 4, 13); ferner indem sie den Stoff anwendet, ein Mittel des Wachsthums zu werden, denn das lebende Wesen verlangt, damit es auch in seiner Art vollkommen sei, ein gewisses Maass von Grösse, zu dem es nicht beim ersten Entstehen gelangt, sondern erst allmählich heranwächst; nichts aber nimmt physisch ab oder zu, was sich nicht ernährt, und nur was des Lebens theilhaftig ist, kann sich ernähren (de an. 2, 4, 6). Endlich verarbeitet die vegetative Seele den Nahrungsstoff auch in der Art, dass sie ihn zum Samen bildet, aus welchem ein anderes, aber gleichartiges Wesen hervorgeht (de an. 2, 4, 13.); τὸ σπέρμα περίττωμα μεταβαλλούσης τῆς τροφῆς ἐστιν: de gen. an. 2, 3. Auch das ist eine Art Selbsterhaltung, ja sogar die vorzüglichere Weise derselben (de an. 2, 4, 15); denn durch die Ernährung kann der beseelte Leib nur kurze Zeit sein Leben hinbringen, aber durch die Zeugung sich fortpflanzend lebt er und erhält sich seiner Art nach wenigstens für alle Zeit, indem er, soweit das sterbliche Wesen es vermag, am ewigen Dasein der Gottheit theilnimmt. Die Materie, durch die das Thier erzeugt wird und Zuwachs gewinnt, ist dieselbe; τὸ θρεπτικόν umfasst daher nach Aehnlichkeit der Materie selbst Nahrung und Erzeugung. Wie aber Alles in der Natur einem Zweck zustrebt, so muss dies auch hier der Fall sein. Das Ziel, nach dem die Natur strebt, ist, des Göttlichen so weit als möglich theilhaft zu sein, und darum nennt auch Aristoteles die Erzeugung die natürlichste unter den Functionen des Lebens (de an. 2, 4, 2). Durch die Erzeugung διαμένει οὐκ αὐτὸ ἀλλ' οἷον αὐτό, ἀριθμῷ μὲν οὐχ ἕν, εἴδει δ' ἕν (de an. 2, 4, 2). Das Princip aber der Ernährung liegt nicht in den Nahrungsmitteln, sondern in der Wärme. Darum ist diese auch für die ernährende Seele von der höchsten Bedeutung; denn da jede Nahrung verdaut werden muss, die Verdauung aber durch die Wärme bewirkt wird, so muss jedes beseelte Wesen Wärme haben. Sie ist daher die Ursache der ganzen Bewegung. Sie ist im Körper vorhanden als das κινοῦν; die Nahrung aber, sobald sie von der Wärme in Bewegung gesetzt und, als vom organischen Körper wesentlich verschieden, erst durch Assimilation demselben ähnlich gemacht wird, wirkt als κινοῦν und κινούμενον wieder auf den Körper. So entsteht durch die ernährende Seele, ihre Wärme und ihre Ernährung das Wachsthum. Wie demnach auf der einen Seite Wärme und Leben und Wachsthum, so findet sich auf der andern Seite Kälte und Tod und Abnahme. Dieses Wachsthum ist allerdings bei Pflanzen und Thieren an eine bestimmte Grenze gebunden, so dass dem-

nach auch die Ansicht als irrig von Aristoteles abgewiesen
wird, welche das Wachsthum auf die Natur des Feuers zurückführt; denn das Feuer ist keineswegs die Seele, vielmehr werden in diesem Fall die lebenden Wesen ohne
Maass sich ausdehnen; ebenso irrig ist die Ansicht, welche
es auf die nach entgegengesetzten Richtungen strebenden
Elemente des Feuers und der Erde zurückführt.

Nach allem Gesagten ist das, womit die Seele ernährt
wird, doppelt (de an. 2, 4, 14), nämlich wie das, womit man das
Schiff lenkt, die Hand und das Ruder ist, so ist das erste
die Wärme, das zweite sind die Nahrungsmittel. Darum
sagt Aristoteles τὸ τρέφον ἐστὶ πρώτη ψυχή, weil die Nahrungsmittel nur dann auf den Körper wirken und ihm nütz-
lich werden können, wenn sie durch die Seele zugeführt
werden. Dies ist die unterste Stufe, auf der ein lebendes
Wesen erblickt wird. Wegen der engen Verbindung der
Wärme und des Blutes mit der Ernährung und Erzeugung
hat die Seele ihre Einheit und ihr Princip im Herzen. So
ist die Seele, insofern sie Nahrung und Erzeugung in sich
begreift, die δύναμις, aber insofern sie Erhaltung und Wachsthum des Körpers bewirkt, die πρώτη ἐντελέχεια. Wenn nun
in einer Materie nur eine Form wirklich ist, ein Beseeltes nur eine Seele haben kann, sie die Entelechie nur
eines Körpers ist, so schliesst das nicht aus, dass doch
noch mehrere Seelen der Möglichkeit nach darin sind. Dies
geht einmal aus der Erzeugung hervor; denn während die
ernährende Seele nur eine Seele der Wirklichkeit nach ernährt, thut sie dies doch an mehreren Seelen der Möglichkeit nach. Insofern sie aber die Ernährung und Erzeugung
bewirkt, ist sie ἐντελέχεια; insofern sie aber nicht immer
thätig ist, die πρώτη ἐντελέχεια. Ebenso zeigt sich die Anschauung, dass während nur ein einzelner Körper der ἐντελέχεια nach, mehrere aber nach der δύναμις sind, darin, dass
man bei Pflanzen, wenn man sie zerschneidet, in jedem der
getrennten Theile die vegetativen Lebensfunctionen wahrnimmt, so dass also, wo in Wirklichkeit eine Seele war,
der Möglichkeit nach mehrere gewesen sind (de an. 2, 2, 8).

Eine höhere Stufe als die Pflanzen nehmen die Thiere ein. Sie unterscheiden sich von den Pflanzen wesentlich dadurch, dass sie die ψυχὴ αἰσθητική haben. Ein Thier ist es durch Empfindung, denn was eine Empfindung hat, nennen wir Thier (de an. 2, 2, 4). Als Grund, warum die Pflanzen nicht an der Empfindung theilnehmen, gibt Aristoteles (de an. 2, 12, 4) an, dass sie nicht ein solches Princip haben, geschickt, die Formen der empfundenen Dinge aufzunehmen.

Wie wir schon oben sahen, muss, wenn die ganze ψυχή die πρώτη ἐντελέχεια ist, auch dieser Theil derselben, die ψυχὴ αἰσθητική, sich als solche erweisen. Dies zeigt sich auch, denn die Sinneswahrnehmungen beruhen insgesammt auf einer realen Möglichkeit in der Seele, auf einer Anlage, die durch Anregung von Seiten des Wahrzunehmenden zu ihren Functionen geweckt wird und stimmen in dem überein, dass (nach de an. 2, 12, 1) sie die wahrnehmbaren Formen der Gegenstände ohne Materie in sich aufnehmen. Dieses Wahrzunehmende liegt in der äussern Natur; der Akt aber der Empfindung der ψυχὴ αἰσθητική ist die αἴσθησις. Das Empfindungsvermögen ist seiner Natur nach keine actuelle Empfindung, obgleich in ihm die Elemente, die es wahrnimmt, sind, sondern ist die Möglichkeit derselben. Da nun keine Möglichkeit zur Wirklichkeit gelangt ohne ein wirkendes Princip, so kann aus dem Empfindungsvermögen nicht ein wirkliches Empfinden werden, wenn nicht etwas Sensibeles auf das empfindende Organ einwirkt. Deshalb bedürfen die Sinne einer Materie, welche bewegt und die Wahrnehmung bewirkt. Ausserdem aber gibt es ein Empfinden als ein in Thätigkeit begriffenes, so dass also die Empfindung zweifach zu bestimmen ist, der Möglichkeit und der Wirklichkeit nach (de an. 2, 5, 2). Die αἴσθησις nun, die sich der Sinneswerkzeuge zur Erreichung ihrer Bestimmung bedient*), ist mit denselben so innig verbunden, dass sie ohne dieselben nicht bestehen kann (Trendelenburg p. 415).

---

*) Ἑκάστη μὲν οὖν αἴσθησις τοῦ ὑποκειμένου αἰσθητοῦ ἐστιν, ὑπάρχουσα δὲ τῷ αἰσθητηρίῳ ᾗ αἰσθητήριον. de an. 3, 2, 10.

2

Obgleich also das Sinnesorgan und die Fähigkeit zu empfinden (de an. 3, 2, 4) in der That dasselbe sind, insofern das eine Materie, das andere Form ist, so ist ihre innerste Ursache und ihr innerster Begriff verschieden von der Empfindung des Körpers, denn das aufnehmende Empfindungsvermögen würde, wenn es nicht von diesem verschieden wäre, eine Grösse werden, was seinem Begriff ganz fremd ist, da er eine Fähigkeit ist, die Form. Ist nun das Empfindungsvermögen die Form, so ist es auch Entelechie und zwar insofern als es bewirkt, dass das Sinneswerkzeug wahrhaft thätig ist; es ist aber die erste Entelechie, weil sie auch dann da ist, wenn man nicht empfindet, sie also die Fähigkeit des Empfindens umfasst.

Die Wahrnehmung aber bezieht sich nicht blos auf sich selbst, sondern es ist noch etwas anderes ausserhalb derselben da, was nothwendig früher als sie sein muss. Das Bewegende ist nämlich von der Natur früher als das Bewegte. Die Bewegung im Bewegten ist die Entelechie desselben. Sie ist daher das $\varkappa\iota\nu o\acute{v}\mu\varepsilon\nu o\nu$ (de an. 2, 5, 1), der Gegenstand aber, das $a\grave{\iota}\sigma\vartheta\eta\tau\acute{o}\nu$, das $\varkappa\iota\nuo\tilde{v}\nu$; jenes ist das der Möglichkeit, dieses das der Wirklichkeit nach Sciende. Wegen dieser Bedeutung, die Aristoteles dem $a\grave{\iota}\sigma\vartheta\eta\tau\acute{o}\nu$ gibt, sagt er auch: $\lambda\varepsilon\varkappa\tau\acute{\varepsilon}o\nu$ $\varkappa a\vartheta$' $\dot{\varepsilon}\varkappa\acute{a}\sigma\tau\eta\nu$ $a\grave{\iota}\sigma\vartheta\eta\sigma\iota\nu$ $\pi\varepsilon\varrho\grave{\iota}$ $\tau\tilde{\omega}\nu$ $a\grave{\iota}\sigma\vartheta\eta\tau\tilde{\omega}\nu$ $\pi\varrho\tilde{\omega}\tau o\nu$ (de an. 2, 6, 1). Insofern nun in dem Sinn etwas wird, aber noch nicht geworden ist, ist er in Bewegung, leidend nur dem Vermögen nach, der Gegenstand ist das Thätige. So ist z. B. das Gehör der Möglichkeit nach die Materie, worin der Gegenstand wirkt. Die Bewegung aber geschieht theils unmittelbar, theils mittelbar, das erstere wie bei dem Gefühl und Geschmack, das letztere vermittelt durch die Luft; das Empfindungsvermögen aber wird bewegt und leidet. Darum sagt Aristoteles: $a\grave{\iota}\sigma\vartheta\eta\sigma\iota\varsigma$ $\dot{\varepsilon}\nu$ $\tau\tilde{\omega}$ $\varkappa\iota\nu\varepsilon\tilde{\iota}\sigma\vartheta a\acute{\iota}$ $\tau\varepsilon$ $\varkappa a\grave{\iota}$ $\pi\acute{a}\sigma\chi\varepsilon\iota\nu$ $\sigma\upsilon\mu\beta a\acute{\iota}\nu\varepsilon\iota$, $\varkappa a\vartheta\acute{a}\pi\varepsilon\varrho$ $\varepsilon\check{\iota}\varrho\eta\tau a\iota.$ $\delta o\varkappa\varepsilon\tilde{\iota}$ $\gamma\grave{a}\varrho$ $\dot{a}\lambda\lambda o\acute{\iota}\omega\sigma\acute{\iota}\varsigma$ $\tau\iota\varsigma$ $\varepsilon\tilde{\iota}\nu a\iota$ (de an. 2, 5, 1). Fragen wir aber, ob das Empfindende dem Empfundenen ähnlich sei oder nicht, so sagt Aristoteles: $\tau\grave{o}$ $a\grave{\iota}\sigma\vartheta\eta\tau\iota\varkappa\grave{o}\nu$ $\pi\acute{a}\sigma\chi\varepsilon\iota$ $\mu\grave{\varepsilon}\nu$ $o\grave{v}\chi$ $\check{o}\mu o\iota o\nu$ $\check{o}\nu$, $\pi\varepsilon\pi o\nu$-$\vartheta\grave{o}\varsigma$ δ' $\dot{\omega}\mu o\acute{\iota}\omega\tau a\iota$ $\varkappa a\grave{\iota}$ $\check{\varepsilon}\sigma\tau\iota\nu$ $o\tilde{\iota}o\nu$ $\dot{\varepsilon}\varkappa\varepsilon\tilde{\iota}\nuo.$ Das Empfindende ist

vor dem Empfinden in Möglichkeit so, wie sein Objekt schon
in Wirklichkeit ist (de an. 2, 5, 3). Aristoteles unterscheidet
aber ein doppeltes Leiden, je nachdem man darunter eine
Alteration im eigentlichen Sinne oder ein Leiden versteht,
welches, ohne dass eine Form von Seiten des leidenden Sub-
jekts verloren geht, das was in diesem Sinne der Möglichkeit nach ist, zur Wirklichkeit, also nur das Unvollendete zur
Vollendung bringt. Würden die Thiere empfinden, indem
sie nach der ersten Weise leiden, so empfänden auch die
Pflanzen; vielmehr nehmen wir das Empfundene auf, ohne
selbst das physische Subjekt desselben zu sein, welches nur,
indem es alterirt wird, diese oder irgend welche andere
Form empfangen kann. Wenn nun also im Sinn etwas wird,
aber noch nicht geworden ist, ist er leidend; während aber
im Sinn etwas bewirkt wird, ist Thun und Leiden mit einander verbunden. Da der Sinn nach seiner Natur zum Objekt hingewendet ist und wie das leidende Princip sich zu
seinem adäquaten wirkenden verhält, so ist er seinem Wesen
nach nothwendig mit ihm verwandt. Ganz besonders aber
muss jenes Objekt, dessen Empfindung für jeden Sinn am
wohlthuendsten ist, dazu dienen, uns seine Natur und Beschaffenheit erkennbar zu machen. Die Mitte zwischen den
Extremen, welche am angenehmsten empfunden wird, nennt
Aristoteles μεσότης. Weil die Pflanzen für die leiblich-psy-
chischen Functionen einer solchen einheitlichen Mitte entbehren, haben sie keine Empfindung. Es ergibt sich aber
für uns, wie ein doppeltes Empfinden, so ein doppeltes
Empfundenwerden, nämlich das in Möglichkeit und das in
Wirklichkeit. Bei einem empfindenden Organ ist, weil es
empfindbare Qualitäten von Natur aus in sich hat, allerdings
das, was empfunden wird, in dem, was empfindet. Allein
Empfinden und Empfundenwerden sind beide hier in Form
der Möglichkeit gebraucht. Wenn aber der Gegenstand auf
den Sinn wirkt und der Sinn den Gegenstand aufnimmt,
dann vereinigen sich beide und es fallen Gegenstand und
Sinn, von denen die eine die Bedingung der andern ist,
gleichsam in eins zusammen. Dadurch wird die Thätigkeit

beider eine einige. Beide aber, Sinn und Gegenstand, sind verschieden ihrem innern Sein nach, denn die Thätigkeit als Zustand ist verschieden von ihr als Wirklichkeit, die eine ist $\delta\dot{\nu}\nu\alpha\mu\iota\varsigma$, die andere $\dot{\epsilon}\nu\dot{\epsilon}\varrho\gamma\epsilon\iota\alpha$, aber die eine ist die unmittelbare, $\pi\varrho\dot{\omega}\tau\eta$, die andere die mittelbare. Sie sind aber eine und dieselbe Thätigkeit, insofern als die eine die Bedingung der andern ist und beide, wenn sie sich vereinigen, eine Thätigkeit ausmachen. Ist demnach der Sinn eine $\delta\dot{\nu}\nu\alpha\mu\iota\varsigma$, der Gegenstand aber eine $\dot{\epsilon}\nu\tau\epsilon\lambda\dot{\epsilon}\chi\epsilon\iota\alpha$, so unterscheiden sich dieselben nicht mehr, nachdem die Sinne sie aufgenommen. Wie Aristoteles sich ausdrückt, dass wir theils von einem Knaben sagen können, er habe die $\delta\dot{\nu}\nu\alpha\mu\iota\varsigma$ ein Feldherr zu sein, theils von einem Manne, so soll es sich auch mit dem Empfundenen verhalten. Der Sinn ist von vorn herein mit der $\delta\dot{\nu}\nu\alpha\mu\iota\varsigma$ versehen, die nur des äussern Anstosses bedarf, um zur $\dot{\epsilon}\nu\dot{\epsilon}\varrho\gamma\epsilon\iota\alpha$ zu werden; die andere $\delta\dot{\nu}$-$\nu\alpha\mu\iota\varsigma$ aber ist die, welche wir vorher die erste Entelechie genannt haben. Sie ist nämlich, wenn sie sich auf die äussern Dinge bezieht, eine $\delta\dot{\nu}\nu\alpha\mu\iota\varsigma$, wenn aber auf den organischen Körper oder auf die Sinneswerkzeuge, die Entelechie. Dieselbe ist aber theils thätig, theils nicht in Wirksamkeit, und so finden wir auch hier die Unterscheidung in zwei Entelechien, deren erstere die Empfindung ist, weil sie der andern nothwendig vorangehen muss.

Sahen wir demnach, dass die $\psi\upsilon\chi\dot{\eta}$ $\alpha\dot{\iota}\sigma\vartheta\eta\tau\iota\kappa\dot{\eta}$ die $\pi\varrho\dot{\omega}\tau\eta$ $\dot{\epsilon}\nu\tau\epsilon\lambda\dot{\epsilon}\chi\epsilon\iota\alpha$ ist, so ergibt sich hieraus von selbst, dass die Thiere auf einer höhern Stufe als die Pflanzen stehend die Functionen der Ernährung, des Wachsthums und der Erzeugung mit denselben gemein haben müssen. Das $\alpha\dot{\iota}\sigma\vartheta\eta\tau\iota\kappa\dot{o}\nu$ begreift aber verschiedene Kräfte in sich. Als unterste Form desselben bezeichnet Aristoteles die $\dot{\alpha}\varphi\dot{\eta}$, das Gefühl. Das Gefühl ist derjenige Sinn, welcher die im strengsten Sinne elementarisch zu nennenden Eigenschaften empfindet. Daher muss das Gefühlsorgan von derselben Beschaffenheit sein als die Elemente und zwar eine verhältnissmässige Mischung derselben, als eine Mitte, die als ein Vermögen zur beliebigen Aufnahme dieser Dinge betrachtet werden muss (de an. 2, 11).

Alle Thiere haben unverkennbar Gefühl (de an. 2, 2, 5);
dieses einzigen Sinnes beraubt müssen sie sterben (de an. 3,
13, 4), ohne dasselbe kann kein anderer Sinn bestehen (de
an. 3, 13, 4), ein Thier braucht, um Thier zu sein, nur diesen Sinn zu haben (de an. 3, 13, 4). Die ψυχὴ θρεπτική ist
bei den Thieren das Gefühl, indem alle Thiere vom Trock-
nen und Feuchten, vom Warmen und Kalten sich nähren,
deren sinnliche Empfindung eben das Gefühl ist, und so ist
dasselbe zur Ernährung hinreichend. Erfasst das Gefühl
auch andere Dinge, so geschieht es doch nur, insofern als
sie so beschaffen sind (de an. 2, 3, 3). Dem Gefühl ist nahe
verwandt der Geschmack, da er die Empfindung des Fühl-
baren und Ernährungsfähigen ist (de an. 3, 12, 6). Wenn
aber das Thier durch das Gefühl keine Empfindung erhielte,
so würde es sich vor dem in den Körper eindringenden
Gegenstand nicht vertheidigen können, denn alles Schädliche
tritt ohne Zwischenglied an den Körper selbst heran; was
aber heilsam ist, ist dem Körper anzupassen, so dass also,
um sich desselben zu erwehren oder es sich anzueignen, die
Sinne, die aus der Ferne wahrnehmen, nicht ausreichen.
Ist daher das Gefühl die nothwendige Bedingung des Lebens, so sind die andern Sinne des Wohlbefindens wegen
und müssen daher nicht allen Thieren zukommen; sondern
nur diejenigen, die sich bewegen, müssen die Empfindung
aus der Ferne durch die Luft wahrnehmen, um die Bewegung zu lenken. So haben manche Thiere nur die Empfindung des Gefühls und Geschmacks. Aristoteles unterscheidet
so fünf Sinne. Es fragt sich, ob alle einen gemeinsamen
Ursprung haben und ein gemeinsames Ziel erstreben. Da
jeder einzelne Sinn die Entelechie seines Sinneswerkzeugs
ist, wird dies auch vom gemeinsamen Centralorgan aller
gelten müssen. Dieses ist das Herz, welches Aristoteles
als Sitz des Lebens und der Empfindung betrachtet, während
ihm das Gehirn nur eine untergeordnete Bedeutung hat.
Weil nämlich die Empfindungen ihre Kraft von der Natur
des Bluts erhalten, haben sie ihr Princip, wie eine Wurzel
im Herzen. Auf der untersten Stufe der Thiere sind die,

welche kein Blut haben, weshalb wenn sie zerschnitten werden, in den einzelnen Theilen Leben und Empfindung und zwar sowohl äussere Empfindung als sensitives Selbstbewusstsein sich findet. So stehen sie demnach in der nächsten Beziehung zu den Pflanzen.

Um die eigentliche Beschaffenheit der verschiedenen Empfindungsvermögen zu bestimmen, müssen wir auf die Verschiedenheit ihrer Objekte hinblicken. Aristoteles unterscheidet eine mehrfache Weise, in der etwas sensibel sein kann, nämlich die einem jeden Sinn eigenthümlichen Eigenschaften und die Gegenstände der gemeinschaftlichen Wahrnehmung, welche beide er καθ' αὐτὰ αἰσϑητά nennt im Gegensatz zu dem κατὰ συμβεβηκός Wahrgenommenen. Von den zwei ersten ist das eine jedem Sinne eigenthümlich, das andere allen Sinnen gemeinsam (de an. 2, 6, 1).

Als eigenthümliche Sinnesobjekte bezeichnet Aristoteles solche, die nur von einem bestimmten Sinn empfunden werden können und über welche keine Täuschung stattfinden kann, wie die Farbe das Objekt des Gefühls, der Schall das des Gehörs ist (de an. 2, 6, 4). Diese Objekte, welche die Empfindung des Sinnes bewirken, zeigen uns, wie das Wesen des Sinnes zu bestimmen ist. Gemeinschaftliche, also für alle Sinne wahrnehmbare Objekte sind die Bewegung, Ruhe, Zahl, Figur, Grösse; denn sie modificiren zwar die Sinneswirkung, aber nur durch die eigenthümlich wirkende Eigenschaft, so dass also die Beschränkung auf die Affection eines einzigen Sinnes aufgehoben ist. Endlich κατὰ συμβεβηκός wahrgenommen ist dasjenige, was einem wahrgenommenen Gegenstand zukommt, ohne für die Empfindung in irgend einer Weise mitbestimmend zu sein (de an. 2, 6, 4). So liegt z. B. nicht im Wesen des Sinnes selbst, dass das Weisse diese oder jene bestimmte Person ist. Weil demnach das κατὰ συμβεβηκός Wahrgenommene eigentlich gar nicht empfunden werden kann, kann es bei der Bestimmung der Differenzen der Sinnesvermögen ausser Betracht gelassen werden. Hieran reiht sich eine weitere Frage: Jeder Sinn, sagt Aristoteles 3, 2, 10, welcher in dem Sinnesorgan als Sinnesorgan vor-

handen ist, bezieht sich auf das ihm zu Grunde liegende
Empfindbare und erkennt die Unterschiede dieses Empfind-
baren. Wenn wir aber jedes Empfindbare von einander
unterscheiden, womit nehmen wir denn wahr, dass sie verschieden sind? ἀνάγκη δὴ αἰσϑήσει. αἰσϑητὰ γάρ ἐστιν. Da wir
empfinden, dass wir sehen, so fragt es sich, ob wir dies mit
dem Gesicht wahrnehmen. In diesem Fall aber müsste τὸ
ὁρῶν als Sehendes ein Farbiges sein (3, 2, 2), da das eigenthümliche Objekt des Gesichtsinns die Farbe ist, mehrere
eigenthümliche Objekte aber von einem Sinn nicht wahrgenommen werden können. Höchstens also kann das Sehende κατὰ
συμβεβηκός wahrgenommen werden (cf. hierzu Brentano, die
Psychologie des Aristoteles. Mainz 1867. pag. 79—98). So
werden wir hingeführt zur Annahme eines Sinnes der Sen-
sation, der es nicht mit äussern Objekten, sondern nur mit
der Unterscheidung der einzelnen Sinnesobjekte von einander
zu thun hat. Brentano sagt hierzu pag. 95: „Weil nun jeder
Sinn, der die Unterschiede eines Objekts bemerkt, auch den
Mangel solcher Unterschiede zu erkennen im Stande ist, so
wird der innere Sinn, da er die örtliche Verschiedenheit
zweier Dinge, von denen wir das eine durch das Gefühl,
das andere durch den Gesichtssinn erfassen, wahrnimmt,
auch dann, wenn wir dasselbe Ding gleichzeitig fühlen und
sehen, bemerken, dass jene Verschiedenheit hier nicht besteht (de an. 3, 1, 5), und so vermögen wir zu erkennen,
dass das Gefühlte mit dem Gesehenen Eines sei, indem es
örtlich mit ihm zusammentrifft.“

Wie aber nach Aristoteles alles Natürliche eines Zwecks
wegen da ist, so ist dies auch bei den Thieren der Fall.
Wie wir oben sahen, dient alles Niedere dem Höheren und
Vorzüglicheren. So sind alle physischen Körper auch bei
ihnen Werkzeuge der Seele und nur der Seele wegen da;
de part. an. 645b 14: ἐπεὶ τὸ μὲν ὄργανον πᾶν ἕνεκά του,
τὸ δ᾽ οὖ ἕνεκα πρᾶξίς τις, φανερὸν ὅτι καὶ τὸ σύνολον σῶμα
συνέστηκε πράξεώς τινος ἕνεκα πλήρους. Ohne Empfindung
aber würde das Thier zu Grunde gehen und nicht zu seinem
Zwecke gelangen. Alle Organe dienen der Seele, die ihrer

zu ihren Verrichtungen bedarf (vergl. hierzu: Schneider de causa finali Aristotelea. Berol. 1865. pag. 28 und 48).

Nachzutragen ist noch, dass Aristoteles am Körper der Thiere zwei Arten von Theilen unterscheidet, einfache Organe, die mehr der Materie als der Form angehören, die ὁμοιομερῆ, und die ungleichartigen. Die Theile des organischen Körpers sind von mannichfaltiger Bildung und zweckmässiger Einrichtung. Es fragt sich, zu welchem Theile die Sinne gehören. Insofern sie sich der Sinneswerkzeuge bedienen, können sie der ungleichartigen Theile nicht entbehren, aber sie kehren von denselben zu den einfachen zurück und haben in ihnen ihren eigenthümlichen Sitz. Die Sinne zeigen den Unterschied der Elemente und die Beschaffenheit derselben an; ihrer Natur müssen sie sich daher anschliessen, so dass die δύναμις der Sinne entspricht der ἐνέργεια der Gegenstände.

Mit dem Wahrnehmen hängt aufs engste (de an. 3, 3, 11) derjenige Vorstellungszustand zusammen, den Aristoteles die Phantasie nennt, καθ' ἣν λέγομεν φάντασμά τι ἡμῖν γίγνεσθαι. Es ist dies das innere anschauliche Vorstellen der Bilder des Sinnenfälligen als eine Bewegung, die in der Seele hervorgebracht wird. Empfindung und Phantasie sind Bewegungen derselben Sinne, leiden also auf dieselbe Art; allein sie unterscheiden sich darin, dass die Empfindung durch das gegenwärtige, sensibele Objekt hervorgebracht wird, während die Phantasie eine physische Nachwirkung der Empfindung (de an. 3, 3) und gleichsam eine abgeschwächte Empfindung ist (Rhet. 1370a 28). Die Phantasie setzt also die Empfindung voraus, sie muss als δύναμις der ψυχή αἰσθητική angesehen werden. Andrerseits aber muss auch, wo Empfindung ist, Phantasie sein. Wenn daher Aristoteles auch an manchen Stellen zu bezweifeln scheint, dass alle Thiere Phantasie haben und sich somit die Bilder des Sinnenfälligen vorstellen können, so erkennt er doch auch selbst den auf der untersten Stufe stehenden Thieren eine, wenn auch nur unvollkommene Phantasie zu (de an. 2, 2, 8. 3, 11, 1). Sie ist ἡ ὑπὸ τῆς ἐνεργείας γενομένη, eine Bewegung also, die stets die Sinneswahrnehmung voraussetzt, demnach von der ψυχή αἰσθητική ausgeht. So kommt es, dass auch wenn eine Bewegung der Phantasie nicht unmittelbar nach der Sinneswahrnehmung erfolgt, doch stets eine frühere Wahrnehmung zu Grunde liegt. Die Unterschiede zwischen beiden erstrecken sich aber noch weiter. Während die Empfindung immer vorhanden ist, ist dies mit der Einbildung keineswegs der Fall; während die Empfindung entweder Möglichkeit oder Wirklichkeit ist, gibt es auch Einbildungen, in denen nichts davon vorhanden ist, wie die Träume. Während die Empfindungen immer wahr sind, sind die Einbildungen meistentheils falsch oder wenigstens täuschend (de an. 3, 3, 6. 7). Durch dieses anschauliche Vorstellen wird die unwillkürliche Erinnerung, die μνήμη, bedingt (ἐκ τῆς αἰσθήσεως ἐγγίγνεται μνήμη Metaph. 980 a 28), welche die Vergegenwärtigung einer Vorstellung mit dem Bewusstsein ist, dass das Vorgestellte früher wahrgenommen wurde (de mem. et rem. 450 b 20).

Untrennbar mit der αἴσθησις ist auch die ὄρεξις, das Begehren, verbunden, de an. 2, 3, 2: Wenn Empfindung da ist, dann ist auch Freude und Schmerz, Angenehmes und Unangenehmes; wenn aber dies, dann auch die ἐπιθυμία vorhanden. Wegen dieses Zusammenhangs muss in jedem empfindenden Wesen auch das Begehrungsvermögen vorhanden sein (de an. 2, 2, 8). Weil nämlich das Objekt ihres Wirkens der Aehnlichkeit nach der Seele angeboren ist, hat sie keine formaufnehmenden Lebenskräfte. Darum tritt jener Trieb, der der natürlichen Form folgt, an Stelle der strebenden Lebensthätigkeiten. Dass Aristoteles nach dem Vorgang Platos ein doppeltes Begehrungsvermögen des sensitiven Theils, der Begierde (ἐπιθυμία) und des Zorns (θυμός) angenommen hat, ist nicht wahrscheinlich (vgl. Brentano. S. 105 ff.). Jedenfalls umfasst das Begehrungsvermögen beides, sowohl das Streben, etwas Angenehmes zu erlangen, als auch den Affect über etwas Unangenehmes. Ueber die Affecte verbreitet sich Aristoteles in der Schrift von der Seele nicht weiter. Nur de an. 1, 1, 11 kommt er gelegentlich auf die ὀργή, die er (Rhet. 1378 a 20) als identisch mit θυμός bezeichnet, als ὄρεξις ἀντιλυπήσεως ἤ τι τοιοῦτο, zu sprechen. Lust und Begierde und die der einen oder der andern entgegengesetzten sinnlichen Erregungen sind Affecte desselben Vermögens. Darum sagt Aristoteles (de an. 3, 7, 2): Wenn Angenehmes und Unangenehmes vorhanden ist, so wird die Seele gleichsam bejahend oder verneinend es verfolgen oder verabscheuen. An das sinnliche Begehren schliesst sich das Vermögen der bewussten Bewegungen des Leibes an, von denen Aristoteles die örtliche Bewegung näher behandelt: τὸ ὀρεκτικὸν κινεῖ. In demselben Organ, in welchem das Vermögen des sinnlichen Begehrens und der Empfindung ist, ist das Princip der Bewegungen des Leibes (de an. 3, 10). Der enge Zusammenhang zwischen Empfindung, Phantasie, Begehren und Bewegung lässt sich daraus deutlich erkennen, dass wegen der Aehnlichkeit der Phantasmen mit den Sinneswahrnehmungen diese die Ursache der Begehrung sind, wenn der sensible Gegenstand abwesend ist. So kommt es, dass vielfach Wesen durch ihre Phantasie geleitet werden: die Thiere, weil sie keine Vernunft haben, die Menschen aber dann, wenn ihre Vernunft durch Leidenschaft oder Krankheit oder Schlaf umschleiert ist (de an. 3, 8, 15). Hierin liegt zugleich der Unterschied vom Begehrenden und Bewegenden, insofern als das erstere die Möglichkeit der sinnlichen Affecte ist, das Bewegende aber eine Energie, der Akt des begehrenden Vermögens. Aus der sinnlichen Vorstellung entspringt die Begierde, hieraus die Bewegung. Die im Sinne aufgenommene Form wirkt als Zweck, die Begierde aber als bewegende Ursache, woraus die Bewegung nothwendig hervorgeht. Alle diese Vermögen der Seele sind aufs engste mit dem Leib verbunden; dieses lässt sich theils aus der nothwendigen Verwandtschaft der Sinnesvermögen und der Sinnesobjekte, theils daraus erkennen, dass wenn man einzelne Thiere zerschneidet, sich ihre empfindende Seele vervielfältigt, was ohne dies unmöglich wäre. Ferner wird bei allzustarken Einwirkungen auf die Seele diese entweder auf kürzere oder beständige Zeit gestört. Dies weist darauf hin, dass das empfindende Subjekt etwas Körperliches

und Corruptibles, dass das Empfindungsvermögen eine mit
der Materie vermischte Form, ein λόγος ἔνυλος ist (de an.
1, 1, 10), während ein geistiges Subjekt dadurch nicht hätte
Schaden leiden können.

Freilich stehen diese Momente sämmtlich entfernter von
der Darstellung der Definition der Seele, allein dies Alles
geht aus der πρώτη ἐντελέχεια hervor, weil es beruht auf
der ἐνέργεια der Empfindung. Andrerseits aber bieten sie,
uns allein ein Verständniss von der aristotelischen Lehre
der ψυχὴ διανοητική oder des νοῦς.

Nahmen, wie oben gezeigt ist, in der Stufenfolge der
Seelen vom Unvollkommnen zum immer Vollkommneren die
unterste Stufe die Pflanzen, die nächsthöhere die Thiere ein,
so erreicht die Natur ihre höchste Stufe in der Bildung des
Menschen. Schon sein Aeusseres lässt ihn als das voll-
kommenste Wesen erkennen. Zuvörderst zeichnet er sich
durch seine aufrechte Haltung vor den Thieren aus. Während ferner die Natur den Thieren alle Waffen und Werkzeuge, die sie nöthig haben, fertig gegeben hat, verlieh sie
dem Menschen nur die Hand (de part. an. 687 a 7 ff.), durch
deren Besitz er alle überragt. An dieser Stelle bekämpft
Aristoteles die Ansicht des Anaxagoras, dass der Mensch
das weiseste der lebenden Wesen sei, da er Hände habe,
indem er zeigt, dass der Mensch Hände habe, da er das
weiseste Wesen sei. Denn die Natur theilt, wie ein kluger
Mensch, jedem das zu, was er gebrauchen kann. Denn der,
welcher am weisesten ist, kann die meisten Werkzeuge gut
anwenden; es zeigt sich aber, dass die Hand nicht ein
Werkzeug ist, sondern viele, sie ist das Werkzeug der Werkzeuge (de an. 3, 8. de part. an. 687 a 20). Sie ist aber so
kunstvoll geschaffen, dass sie dem Menschen die Möglichkeit
gibt, jedes Bedürfniss zu bestreiten, die ausgedehntesten
Functionen zu übernehmen. Es ist einleuchtend, dass in
einem so vollkommenen Körper auch eine dem entsprechende
Seele wohnen muss.

Wie nach der Lehre des Aristoteles jede höhere Stufe
die Kräfte der niedern mit den neu hinzukommenden Ver-

mögen vereinigt, so muss dem Menschen sowohl die den Pflanzen eigenthümliche ψυχή θρεπτική zukommen, als auch die den Thieren ausser derselben zukommenden Vermögen des Empfindens, Begehrens und der Ortsbewegung; dazu aber kommt ihm zu das ihn vor allen andern Wesen auszeichnende Vermögen des νοῦς (de an. 3, 12, 4). Da demnach die menschliche Seele alle diese Kräfte in sich vereinigt, kann sie als Mikrokosmos bezeichnet werden (de an. 3, 8). Ist der Unterschied zwischen Pflanze und Thier schon ein bedeutender, so stehen beide als ἄλογον dem λογιστικόν gegenüber (de an. 3, 9, 2). Der Mensch verbindet mit dem Materiellen, dessen höchste Spitze sich im Thier realisirt, noch das Individuelle. Dieses, das διανοητικόν, den νοῦς, definirt er (de an. 3, 4, 3): λέγω δὲ νοῦν ᾧ διανοεῖται καὶ ὑπολαμβάνει ἡ ψυχή. Es bezeichnet das erstere die Thätigkeit, in der sich der νοῦς befindet, um die Wahrheit aufzufinden, das zweite aber erst die Folge des διανοεῖσθαι, die Entscheidung über das als wahr Erkannte. Wenn daher der Verstand die Gründe vereinigt und dann entscheidet, um zu einem endgültigen Resultat zu gelangen, so sagt Aristoteles, der den Begriff des νοῦς ohne Thätigkeit nicht bestimmen kann, mit Recht von ihm, dass er διανοεῖται und ὑπολαμβάνει.

Der νοῦς hat vielfache Aehnlichkeit mit dem αἰσθάνεσθαι (3, 8, 1. 4, 2). Wir haben beim Empfinden ein doppeltes Leiden unterschieden, je nachdem man darunter eine Alteration im eigentlichen Sinn versteht oder ein Leiden, welches nur das, was in demselben der Möglichkeit nach lag, zur Wirklichkeit bringt. Der νοῦς ist, wie das αἰσθητικόν, ein Leiden durch das Intelligibele (ὁμοίως ἔχει τὸ αἰσθητικὸν πρὸς τὰ αἰσθητὰ οὕτω ὁ νοῦς πρὸς τὰ νοητά), ein Leiden im zweiten Sinn; eine Vollendung des Möglichen; und zwar stehen beide, Leidendes und Wirkendes, als Möglichkeit und Wirklichkeit in engster Beziehung zu einander. Da nun das νοητόν in keiner Weise von dem Objekt corrumpirt wird, so ist dies Leiden nur uneigentlich ein Leiden zu nennen, womit übereinstimmt, dass Aristoteles an andern Stellen geradezu ausspricht, dass der *νοῦς ἀπαϑής* sei. Ist in dieser Beziehung der *νοῦς* und das *αἰσϑητικόν* sich gleich, so übertrifft der *νοῦς* dasselbe wesentlich dadurch, dass sein Gebiet ein. viel weiteres ist, als das des letzteren. Während nämlich der Sinn durch die auf ihn wirkenden Objekte insofern verändert werden kann, als z. B. ein zu starker Schall ausser Stand setzen kann- zu hören, findet beim Verstand gerade das Gegentheil hiervon statt; denn je vorzüglicher denkbar das Objekt ist, das auf ihn wirkt, um so mehr stählt er seine Denkkraft und um so besser kann er das Unbedeutendere erkennen (de an. 3, 4, 5). Aristoteles gibt als Grund dieser Erscheinung an, das Empfindende sei noch mit dem Körper vielfach vermischt, während der Geist, durch körperliche Einflüsse nicht gestört, mit demselben unvermischt sei. Zu dem gleichen Resultat ·der Geistigkeit des intellectuellen Theils gelangen wir auch durch folgende Betrachtung. Sahen wir, dass der Geist fähig ist, die intelligibele Objekte in sich aufzunehmen, wie der Sinn zur Aufnahme der sensibeln (de an. 3, 4, 3), so hat er doch, trotzdem dass er leidet, keines der Objekte wirklich in sich, sondern er hat nur die Möglichkeit, alle aufzunehmen. Er ist keines von allen Dingen in Wirklichkeit, bevor er denkt; · seine Natur ist keine andere, als die dass er das Vermögen ist (de an. 3, 4, 3). Darum sagt auch Aristoteles: „Was das Leiden betrifft, so ist es als etwas Gemeinschaftliches bestimmt worden, so nämlich, dass der Geist der Möglichkeit nach alles Gedachte ist, der Wirklichkeit nach aber nichts Seiendes, bevor er etwas denkt.“ Daher vergleicht er auch den *νοῦς* mit einem Buch, in welchem nichts Geschriebenes der Wirklichkeit nach vorhanden ist, der *δύναμις* nach aber Alles hineingeschrieben werden kann. Ist demnach der *νοῦς* ein *οὐδέν* und nur die *δύναμις,* die (nach de an. 3, 4, 3) erst durch Denken zur *ἐντελέχεια* oder *ἐνέργεια* wird, so verhält es sich anders mit der Empfindung. Diese nämlich ist, auch wenn sie nicht empfindet, dennoch die erste Entelechie des Körpers. Die *ψυχὴ διανοητική* ist darum keine Entelechie, weil, wenn sie auch in sich die Gedanken der Möglichkeit nach hat, sie dennoch nichts ist, bevor sie gedacht hat. Dennoch aber kann der *νοῦς* auch als *πρώτη ἐντελέχεια* bezeichnet werden und zwar nicht in Bezug auf den Körper, sondern der Geist an sich, denn der Geist reicht für sich zum Denken aus. Denn wer lernt, ist ein Wissender der Möglichkeit nach; wer aber gelernt hat, weiss wirklich. Aber auch ein solcher, der wirklich weiss, weiss der Möglichkeit nach, wenn er nicht gerade im Denken begriffen ist. Ein solcher kann durch sich selbst zu jeder Zeit das besondere Wissen hervorrufen und dann ist er dauerhaft wissend (de an. 3, 4, 6). Das Objekt des Verstands war, wie wir sahen, das Intelligibele, er nimmt keine Materie in sich auf. Es fragt sich aber, wie der Verstand die körperlichen Dinge in sich aufnehmen kann, denn es müssen dann entweder die körperlichen Dinge mit Verstand versehen oder er muss etwas Körperliches sein, weil nur Aehnliches von Aehnlichem erkannt werden kann. Die Intelligibilität aber des Objekts und des Verstands können insofern ähnlich sein, als auch die körperlichen Objekte mit dem Verstand in immaterieller Weise aufgenommen werden. So erkennen wir die Dinge und haben sie um so intelligibler in uns, als sie durch Abstraction ihrer natürlichen Existenzweise entfremdet worden sind (de an. 3, 7, 7). Es zeigt sich auch hierin der Unterschied der Sinne und des Verstandes. Beide fassen nicht verschiedene Eigenschaften desselben Körpers auf, sondern solche, die wesentlich identisch sind. Wenn die *ψυχὴ αἰσθητικὴ* die Dinge als solche erkennt, so der Verstand den Begriff derselben. Dies ist aber nicht etwas Anderes; sondern dasselbe Objekt, das im Sinn sich zeigt, wird auch im Verstand aufgenommen, allein im Verstand ist es abstract, im Sinn concret mit der ihm speziell zukommenden Materie (de an. 3, 4, 7); *τὸ αἰσθητόν* bezieht sich auf die *σάρξ*, das *νοητόν* aber auf das *σαρκὶ εἶναι*. Aristoteles vergleicht die Beziehung, in welcher das *νοητόν* und das *αἰσθητόν* zu einander stehen, mit einer Linie, die gebrochen, dann wieder gerade gebogen wurde. Die gebrochene Linie ist das spätere, denn sie muss erst aus der geraden entstanden

sein; wird sie gerade gebogen, so kehrt sie in ihren frühern
Zustand zurück. Sie ist dieselbe Linie auch in diesem Zustand, aber sie ist einfacher geworden. So ist auch das
Objekt der Sinne noch dasselbe wie das Objekt des Verstands, aber in seinem Zustand ist insofern eine Aenderung
eingetreten, als Alles, was dem Objekt noch von Materie
zukam, aller individuelle Unterschied aufgehoben und es in
seinen frühern Zustand wieder eingesetzt wurde (3, 4, 7)*).
Wie mit dem Objekt, so verhält es sich aber auch
mit dem Subjekt, denn das αἰσϑητικόν erscheint für uns früher, das διανοητικόν aber ist der Natur nach das Frühere.
Dies bestätigt Aristoteles, wenn er in letzterer Beziehung
(de an. 3, 8, 3) sagt: ἐν τοῖς εἴδεσι τοῖς αἰσϑητοῖς τὰ νοητά
ἐστι; der sensitive Theil wirkt auf den Verstand und bringt
ihn dadurch zum Denken. Hat der Verstand irgend etwas
erkannt, so kann er αὐτὸς αὐτὸν τότε νοεῖν (de an. 3, 4, 6).
Während die Sinne von Anfang an die Fertigkeit sie anzuwenden besitzen (de an. 2, 5, 6), muss der Geist erst Kenntniss erlangt haben, dann aber kann er sich völlig denken,
da er ja vollständig intelligibel ist, καὶ αὐτὸς νοητός ἐστιν
ὥσπερ τὰ νοητά (de an. 3, 4, 12), nicht blos als allgemeiner
Begriff, sondern er kann auch individuelles Selbstbewusstsein haben. Die Würde des Denkens hängt von dem Ge-
dachten ab. Das höchste und beste Denken aber ist das,
wenn der νοῦς sich selbst denkt; denn würde der Verstand
sich nicht denken können, so würde es etwas anderes geben,
das ihn denken könnte, welches viel vorzüglicher als er sein
müsste: αὐτὸν ἄρα νοεῖ εἴπερ ἐστὶ τὸ κράτιστον. Metaph.
1074b 29ff. sagt Aristoteles: αὐτὸν δὲ νοεῖ ὁ νοῦς κατὰ με-
τάληψιν τοῦ νοητοῦ; νοητός aber ist er dann, wenn er das
νοητόν d. h. die Formen ohne die Materie erfasst und denkt.
Da also sowohl die körperlichen Wesen als auch der Ver-

---

*) Vergl. zu dieser schwierigen Stelle ausser Trendelenburg p. 477
cie verschiedenen Erklärungen von: C. Pansch: de Aristotelis animae
definitione. Dissertatio inaug. Gryphisw. 1861 und Schneider: de
pausa finali Aristotelea. Berol. 1865.

stand selbst eine Erkenntniss gestatten, demnach beide unter sich und dem Verstände ähnlich und intelligibel sein müssen, (d. h. der Verstand muss die οὐσία, τὸ εἶδος, die Form der Dinge ohne die Materie aufnehmen können), so darf es uns nicht Wunder nehmen, wenn Aristoteles behauptet, dass wie die theoretische Wissenschaft und das so Gewusste dasselbe ist (de an. 3, 4, 12), weil beide ohne Materie sind, so auch der Verstand und das νοητόν dasselbe ist; ὥστε ταὐτὸν νοῦς καὶ νοητόν (Metaph. 1072 b) und (de an. 3, 4, 12) τὸ νοοῦν καὶ τὸ νοούμενον τὸ αὐτό ἐστιν, denn durch das Erfassen und Berühren (θιγγάνειν) des νοητόν wird er an sich selbst νοητός (de an. 3, 4). Wenn aber Aristoteles das Erfassen als ein θιγγάνειν bezeichnet, indem er sagt: νοητὸς γὰρ γίνεται θιγγάνων καὶ νοῶν, so sehen wir, dass der Geist und das νοούμενον durch das θιγγάνειν verbunden werden. Dieses θιγγάνειν ist aber nichts anderes, als was Aristoteles an andern Stellen mit νόησις, der Handlung des Denkens, bezeichnet. Keineswegs aber ist das νοούμενον nur leidend, sondern νοῦς und νοούμενον sind beide sowohl thätig als leidend. Das Denken richtet sich von den Dingen aus auf den Verstand und vom Verstand auf die Dinge. So leiden beide, beide aber kommen dann in einen Akt zusammen. Aus dem eben Gesagten, dass den νοῦς und das νοούμενον die νόησις verbindet, ergibt sich die Beschreibung des sich selbst denkenden Geistes als νόησις νοήσεως νόησις (Metaph. 1074 b 33),

Es ist oben gezeigt worden, dass die ψυχὴ διανοητική mit dem Körper nicht vermischt sei. Die letzten Betrachtungen müssen uns nothwendig zu demselben Resultat geführt haben. Der νοῦς muss, da er alles denkt, unvermischt sein (de an. 3, 4, 3). Er wird nicht durch Erzeugung hervorgebracht (7, 4). Während aber die ψυχὴ θρεπτική und αἰσθητική in innigster Beziehung zum Körper stehen und daher mit seinem Untergang auch untergehen, muss der νοῦς als ἀμιγής mit dem Körper bei dem Tod nicht mit corrumpirt werden, sondern frei von Materie, vom Tod unberührt bleiben, vielmehr als Substanz für sich ein Leben fortführen, das überhaupt nicht enden wird. Hierauf kommen wir unten wieder zurück.

Es fragt sich, wie sich der Verstand zu den übrigen Seelenthätigkeiten verhalte. Fassen wir zunächst die φαντασία ins Auge, so sagt Aristoteles: οὐδέ ποτε νοεῖ ἄνευ φαντάσματος ἡ ψυχή (de an. 3, 7, 3). Dass der νοῦς ihrer bedürftig ist, geht theils aus der engen Beziehung, in der sie zur ψυχὴ αἰσθητική steht, theils aus dem Princip, dass die höhere Function ohne die niedere nicht bestehen kann, hervor. Was er erkennt, erfasst er in den sinnlichen Vorstellungen, indem die Phantasie ihm behüflich ist. Ohne sie kann er nichts denken, sie muss dem Denkenden dienen. Der νοῦς unterscheidet sich aber von ihr insofern, als jene nur die einzelnen Dinge, nur das Aeussere erkennen kann, er aber mit ihrer Hülfe aus denselben die allgemeinen Begriffe zu gewinnen sucht. Auf diese Weise gelangt man von den sinnlichen Vorstellungen zu den ersten Principien. Ein gleiches Verhältniss findet statt mit dem Gedächtniss, der μνήμη, über die Aristoteles in den Büchern von der Seele nur sehr im Allgemeinen spricht. Sie hängt so eng mit der Phantasie zusammen, dass Aristoteles auch bei den Dingen, die durch die blosse Thätigkeit des Geistes erkannt werden, doch die Verbindung von Gedächtniss und Einbildung lehrt. Sie steht in der Mitte zwischen dem αἰσθητικόν und dem διανοητικόν; ohne das erstere kann sie nicht existiren, ohne sie aber ist ein Denken unmöglich. Während aber das Thier mit seiner ψυχὴ αἰσθητική es nur zu einer Erfahrung bringen kann, vermag der Mensch durch den νοῦς zu den allgemeinern Begriffen, zum Wissen sich zu erheben; „per experientiam, sagt Bonitz (pag. 40), ejusdem similiumve rerum imagines sensu conceptae et memoriae infixae nihil aliud quam in summam quandam coalescunt, per artem et scientiam notionis fines accurate describuntur; illa cohaeret cum singularum rerum conceptibus nec divelli ab iis potest; scientia vero et ars versatur in notionibus universalibus, solutis ac liberis a conceptu singularum rerum ideoque etsi

orta est a principio ex experientia, tradi tamen iis potest
qui careant experientia."

Wir haben gesehen, dass dem *νοῦς* die Fähigkeit ein-
wohnt, die Formen aller Dinge aufzunehmen, bevor er wirklich thätig ist und dass er, während er denkt, sich selbst
denkt, ohne von der Materie berührt zu werden. Somit ist
es die Thätigkeit des Denkens, durch die allein der *νοῦς*
seine Natur beweisen kann. Während die *ψυχὴ αἰσθητική*,
auch wenn sie nicht thätig ist, die erste Entelechie ist, ist
die *ψυχὴ νοητική* nur der *δύναμις* nach das, was die Ideen
enthält und wird erst durch Denken zur Entelechie; erste
Entelechie ist sie aber schon an sich, da sie das Gedachte
zu jeder Zeit wieder denken kann. Das allgemeine Natur-
gesetz, nach welchem bei jeder Veränderung sowohl die
Materie, die alle Dinge in Möglichkeit ist, als auch die Form,
das wirkende Princip, vorhanden sein muss, findet auch hier
seine Anwendung. Das eine bleibt noch *ὕλη*, das andere
muss ein *αἴτιον ποιητικόν* sein, weil es eben noch nicht
Alles ist, und so unterscheidet Aristoteles zwischen dem
νοῦς παθητικός und *ποιητικός*. Es ist der *νοῦς παθητικός*
so beschaffen, dass er Alles wird, ist also gleichsam die
ὕλη für den *νοῦς ποιητικός*. Da Aristoteles sich über ihn
nur sehr kurz ausgesprochen hat, ist es schwer, sich ein
klares Bild von diesem *νοῦς* zu machen. Zeller (Philosophie
der Griechen II, 2, S. 441) will unter dem *νοῦς παθητικός*
verstehen „das Ganze der Vorstellungskräfte, welche über
die sinnliche Wahrnehmung und die Einbildung hinausgehen,
ohne doch schon die höchste Stufe des vollendeten, in seinem Gegenstand schlechthin zur Ruhe gekommenen Denkens
zu erreichen, die dem Mannichfaltigen und Sinnlichen zuge-
wendete, aus der Erfahrung sich entwickelnde Seite der
Denkthätigkeit, die Vernunft, wiefern sie sich noch auf der
Stufe der Reflexion befindet." Hingegen Brandis (Entwicklung der griechischen Philosophie pag. 518) sagt: „So weit
er (der Geist) als vermittelndes Denken wirkt, soll er als
leidender Geist bezeichnet werden und kommt ihm Einfachheit und Ewigkeit nicht zu. Nur der Geist im engern Sinne

des Wortes, der theoretische oder der energische Geist,
soll, wenn vom Körper abgelöst, sein, was er wahrhaft ist,
unsterblich und ewig, auf ihm das eigentliche Ich oder Selbst
des Menschen beruhen." Aehnlich versteht Trendelenburg
unter dem νοῦς παθητικός alle Seelenvermögen vom vegetativen bis zum Geist als δύναμις vorgestellt, als eine Einheit aufgefasst, also der Collectivbegriff aller das erkennende
Denken vorbereitenden Thätigkeiten der Seele zu einem
Knoten verschlungen, insofern sie zum Denken der Dinge
erfordert werden. Wenn Zeller gegen Trendelenburg ein-
wendet, dass jene vorausgehenden Vermögen, welche auch
den Thierseelen eigenthümlich seien, in dem höheren und
bestimmt geschiedenen Theile, dem νοῦς, nicht gefunden
werden könnten, so scheint es doch, dass Aristoteles den
νοῦς so geschieden hat, dass die göttliche Verwandtschaft
aufhört und nichts hindert, den νοῦς παθητικός, der mit dem
Körper ganz verschmolzen ist, mit den niedern Seelentheilen
zu verbinden; obgleich andrerseits zuzugeben ist, dass der
νοῦς, welcher der Materie widerstrebt, doch widerstrebend
am Leiden theilhaben muss. Diese Seelenvermögen können
nicht von einander getrennt werden; das eine stützt sich
auf das andere, das Höhere als das Vollkommnere auf das
Niedere als seinen Grund und sein nothwendiges Substrat.
Leidend wird der νοῦς genannt, theils weil er erst αἴτιος καὶ
ποιητικός oder ἀρχὴ τοῦ γενέσθαι, nicht schon τέλος oder τετελεσμένη ἐνέργεια ist, nur οἷον ἡ τέχνη πρὸς τὴν ὕλην πέ-
πονθεν, theils weil er von den zu Grunde liegenden Objekten afficirt und beschränkt ist (Trendelenburg pag. 493).
Die Erwerbung des allgemeinen Begriffs aus der Vergleichung der einzelnen Empfindungen ist, wenn man auf die
Hülfe, welche die Sinne leisten, blickt, Sache des νοῦς παθητικός. Da er also mit dem gebrechlichen Körper verbunden und demnach in die mannichfachen Zustände desselben verwickelt ist, geht er mit ihm zu Grunde.

Von dem νοῦς παθητικός verschieden ist der νοῦς ποιητικός, der den Namen davon hat, dass er im Gegensatz zum
παθητικός alles ποιεῖ ὡς ἕξις τις οἷον τὸ φῶς. ἕξις, im Gegen-

satz zur στέρησις, hat die Eigenschaft dass sie vielmehr gibt als empfängt, so dass auch da, wo gleichsam von einer herrschenden Macht die Natur der Dinge bestimmt wird, sie doch ihre Stelle behaupten kann. Der νοῦς ποιητικός wird aber mit dem Licht verglichen, insofern als die Farben nur durch das Licht Farben werden und darum dasselbe erstreben. Ebenso erstrebt der νοῦς παθητικός, um zu seinem Zweck zu gelangen, den νοῦς ποιητικός. So ist der νοῦς ποιητικός immer thätig und wirksam, als solcher der Grund des leidenden, der erst durch ihn wirksam wird: ποιεῖ τὰ δυνάμει ὄντα ἐνεργείᾳ. Da wie oben gesagt, immer τιμιώτερόν ἐστι τὸ ποιοῦν τοῦ πάσχοντος, so muss der νοῦς ποιητικός im Werth den παθητικός weit übertreffen. Er ist die ἀρχή der ὕλη. Der Vergleich mit dem Licht leitet uns aber noch auf einen andern Gesichtspunkt. Wie das Licht ohne einen äussern Antrieb die Farben bewirkt, so wirkt auch der νοῦς, ohne irgend eines äussern Impulses dazu zu bedürfen. Darum nennt auch Aristoteles ihn χωριστὸς καὶ ἀπαθὴς καὶ ἀμιγὴς τῇ οὐσίᾳ ὢν ἐνεργείᾳ (de an. 5, 1). Es ist noch zu bemerken, dass Aristoteles an den meisten Stellen, wo er vom νοῦς ohne nähere Beziehung spricht, den ποιητικός verstanden wissen will, weil dieser als das wahre Vermögen zu denken ist und in gewisser Beziehung den παθητικός mit in sich befasst. Er heisst ἀπαθής, weil er, da er wirkend ist, keine Veränderung an sich erfährt; denn nicht das Wirkende empfängt eine Veränderung, sondern nur das Leidende. ἀμιγής aber ist er mit der Materie: οὐδὲ μεμῖχθαι εὔλογον αὐτὸν τῷ σώματι (de an. 3, 4, 4); und er wird χωριστός, getrennt von der körperlichen Materie, genannt, weil in keinem körperlichen Organe als seinem Subjekt der wirkende Verstand gefunden wird. Er ist aber auch unvermischt mit der Möglichkeit, da er reine Wirklichkeit ist. Wir sahen schon oben, dass der νοῦς aus den in den Sinnen aufgenommenen Dingen den allgemeinen Begriff derselben gewinnt, dass er also alles Einzelne in sich zu einer Einheit verbindet. Ebenso geschieht das Scheiden zwischen Wahrem und Falschem durch die συμπλοκὴ νοημάτων. Damit hängt zusammen, dass

der Geist τὰ ὄντα πώς ἐστι πάντα, da er durch die wahre
Thätigkeit des Denkens die Sache selbst begreift (de an.
3, 8, 1). Wegen dieser allumfassenden Bedeutung vergleicht
Aristoteles den νοῦς an eben dieser Stelle mit der Hand.
Wie die Hand den Menschen in den Stand setzt, alle übrigen Werkzeuge anzuwenden und wie in ihr die Vielheit
der Werkzeuge alle der Möglichkeit nach vorhanden und zu
einer Einheit verbunden sind, daher sie auch als ὄργανον
ὀργάνων bezeichnet wird, so nimmt auch der Geist die Formen der Dinge in sich auf, τὰ νοητά und vereinigt in sich
alle, gebraucht sie alle zu Werkzeugen zu seinem Zweck.
Darum nennt ihn auch Aristoteles εἶδος εἰδῶν, wie die
αἴσθησις das εἶδος αἰσθητῶν. Sie trägt in sich die Formen
der denkbaren, wie der sinnlich wahrnehmbaren Dinge. Wenn
aber Aristoteles den νοῦς mit der Hand vergleicht, so liegt
schon hierin eine Theilung des νοῦς in den παθητικός und
ποιητικός. Denn diese handelt theils, theils leidet sie. So
ist der νοῦς παθητικός derjenige, welcher die Wahrnehmungen
in sich aufnimmt, der νοῦς ποιητικός aber der, welcher alle
Formen, die er von ihm empfängt, in sich vereinigt. Ganz
freies Schaffen und Denken in Eins ist der νοῦς nur als das
Sein schlechthin, τὸ πρῶτον κινοῦν in der Natur. Innerhalb
der Natur ist er ganz frei nur in Bezug auf τοῦθ᾽ ὅπερ
ἐστι, auf τὰ ἀδιαίρετα. Es ist in derselben die bei weitem
überwiegende Thätigkeit des Geistes das Scheiden zwischen
Seiendem und Nichtseiendem, zwischen Wahrheit und Irr-
thum: ὁ νοῦς οὐ πᾶς, ἀλλ᾽ ὁ τοῦ τί ἐστι κατὰ τὸ τί ἦν
εἶναι ἀληθής. Die Geistesthätigkeit hat Wahrheit zum
Erfolge oder Inhalt, wenn sie weder ein Seiendes, das
nicht in der Natur Dasein gewann, dem Geiste als einem
abstract von der Natur und doch Wahres und Gewisses
Denkenden andichtet, noch das mit Nichtsein gemischte
Sein in der Natur dem Geiste aufdringt, der kein höheres Sein ausser dem in der Natur vorliegenden zu denken vermag. Der νοῦς παθητικός ist dasjenige, welches den
ποιητικός und die Materie unter sich verbindet. Es sind
weder die νοητά für den Geist da ἔξω τῶν αἰσθητῶν, noch

sind dem Geist die *αἰσϑητά* selbst die *νοητά*. Hieraus folgt
als positiver Ausdruck der Noetik des Aristoteles: der *νοῦς*
schreitet fort vom *ἀτελής* zur *τετελεσμένη ἐνέργεια* oder
ἁπλᾶς ἐντελέχεια, in demselben Verhältniss wie er fort-
schreitet, um immer mehr *ποιητικός* und so immer weniger
παϑητικός zu sein, oder wie immer mehr in allem Einzelnen
das Allgemeine sich ausdrückt und so erkennbar wird, oder
wie immer mehr der Unterschied zwischen *αἰσϑητόν* und
νοητόν sowie zwischen *αἴσϑησις* und *νόησις* verschwindet, *τὸ
νοοῦν* nicht blos *χωριστόν*, sondern *κεχωρισμένον σώματος*
wird. Da nun der ewige Geist immer thätig und in Wirksamkeit ist und als solcher der Grund des leidenden, folglich unabhängig und für sich, wird es klar, dass ein solcher
νοῦς nicht untergehen kann, sondern dass er *χωρισϑείς ἐστι
μόνον τοῦϑ᾽ ὅπερ ἔστι καὶ τοῦτο μόνον ἀϑάνατον καὶ ἀΐδιον*.
Allerdings erstreckt sich das nur auf den *νοῦς ποιητικός*,
während der *παϑητικός*, mit dem Körper verbunden, dem
Tod anheimfällt. Also nur das formgebende Princip besitzt
jene substantielle und ewige Existenz. Wie kommt aber ein
solcher *νοῦς* in den menschlichen Körper? Nach Aristoteles
ist dieser *νοῦς* präexistirend vor dem Leib, in den er von
aussen her als etwas Göttliches eingeht und unsterblich ist.
de gen. anim. 736 b 27: *λείπεται τὸν νοῦν μόνον ϑύραϑεν
ἐπεισιέναι καὶ ϑεῖον εἶναι μόνον*. Wenn nun mehrfach von
Erklärern des Aristoteles geleugnet wurde, dass neben dem
νοῦς παϑητικός auch der *νοῦς ποιητικός* den Menschen zukomme, indem sie vom *ποιητικός* behaupteten, dass er nur
Gott zukomme, und ihn deshalb als einen dem Wesen des
Menschen fremden Geist bezeichneten, so ist das entschieden
unrichtig. Denn während die Wesenheit Gottes Einheit der
ἐνέργεια und *δύναμις* (Immaterialität), des *εἶδος* und *τέλος*
(absolute Entelechie), des *νοῦς* und des *νοητόν* (Denken) ist,
ist der *νοῦς ποιητικός* im Menschen fortwährend mit dem
παϑητικός verbunden und kann ohne ihn nicht handeln.
Fanden wir daher schon oben mehrfach die Lehre von einem
abtrennbaren Theile der Seele (de an. 2, 2, 9), so wird unsere Ansicht noch mehr bestätigt durch die richtige Erklä-

rung der Stelle de an. 3, 5, 2. Sie kann nämlich sich auf
nichts Anderes beziehen als auf die menschliche Natur.
Aristoteles sagt daselbst, dass nicht blos das materielle
Princip, sondern auch das wirkende sich in unserer Seele
finde, denn es sei nothwendig, dass *ἐν τῇ ψυχῇ ταύτας τὰς
διαφοράς* wären. Indess es lässt sich keineswegs leugnen,
dass irgend eine nähere Beziehung und Verwandtschaft des
menschlichen und göttlichen Geistes stattfindet, denn der
göttliche Geist kann als nichts anderes gedacht werden als
die höchste Vollendung des *νοῦς ποιητικός*. Diese innige
Beziehung ist hier nicht ausdrücklich ausgesprochen, aber
sonst gelehrt. So schon de gen. 736 b, besonders aber Metaph. 1072 b 22 ff.: *τὸ γὰρ δεκτικὸν τοῦ νοητοῦ καὶ τῆς οὐσίας
νοῦς. ἐνεργεῖ δὲ ἔχων. ὥστε ἐκεῖνο μᾶλλον τούτου ὃ δοκεῖ ὁ
νοῦς θεῖον ἔχειν, καὶ ἡ θεωρία τὸ ἥδιστον καὶ ἄριστον. εἰ
οὖν οὕτως εὖ ἔχει, ὡς ἡμεῖς ποτε ὁ θεὸς ἀεί.* Das Denken,
welches seine Thätigkeit ist, ist Gottes höchstes, bestes und
seligstes Leben. Woran also Gott sich beständig erfreut,
daran erfreuen wir uns nur momentan. *φαμὲν δὲ τὸν θεὸν
εἶναι ζῷον ἀΐδιον ἄριστον. ὥστε ζωὴ καὶ αἰὼν συνεχὴς καὶ
ἀΐδιος ὑπάρχει τῷ θεῷ. τοῦτο γὰρ ὁ θεός.* Sahen wir schon
hieraus, dass der Mensch eine göttliche und eine menschliche Natur in sich hat, so wird dies noch deutlicher aus
der oben citirten Stelle de gen. 736 b 27, wo Aristoteles
sagt, dass die Seele *ἐπείσακτον εἶναι θύραθεν.* Es muss
demnach der intellective Theil des Menschen in den Leib eingehen, damit dieser zum wirklichen menschlichen Leib werde,
denn der menschliche Leib ist zuerst leblos und führt dann
zuerst ein pflanzliches, darauf ein thierisches, zuletzt ein
menschliches Leben. In dieser Stufenfolge erhält der Mensch
zuletzt jene besondere Beschaffenheit, die intellective, in
deren Thätigkeit sein eigentlicher Zweck erreicht wird. Erst
wenn wir dies annehmen, leuchtet ein, wie Erkenntniss und
Wissen wahr sein können. Denn alles Erkennen und Wissen
führt die Wahrheit aus dem *νοῦς*, da aus ihm die höchsten
Principien der Erkenntniss emaniren (Eth. Nicom. VI, 6).
Durch Forschen der Dinge erkennt der Geist die Formen

und stellt so gleichsam ihre wahre Natur wieder her. Eine solche Fähigkeit aber würde er nicht haben, wenn er nicht entstammte aus dem Geist, der die Formen erdacht und zur Ausführung gebracht hat. Denn woher käme der Erkenntniss des menschlichen Geistes die Wahrheit, wenn nicht Gott Ursache des Seins und Erkennens wäre (vergl. Schneider, de causa fin. Arist. pag. 87). Da aber der Mensch bei seiner 'Geburt noch nicht das Wissen besitzt, sondern es sich erst allmählich aneignen und während seines Lebens fortwährend weiter ausbilden muss, ist der in ihm befindliche $νοῦς$ noch nicht $ἐνέργεια$, wie in Gott, sondern strebt als $ἕξις$ (de an. 3, 5, 1) zu ihr. Wie aber dieser göttliche Geist in den menschlichen Körper tritt, darüber hat Aristoteles sich nicht weiter ausgesprochen und nicht aussprechen können.

Durch diese Theilung des Menschen in zwei Theile, einen höheren und einen niederen, finden wir die Lehre von der Unsterblichkeit der menschlichen Seele so angewandt, dass nach dem Tod der erstere Theil fortdauert, der zweite aber zu Grunde geht. Ob aber der Mensch als Einzelwesen fortlebt, ist in der Darstellung des Aristoteles nicht klar ausgesprochen; doch ist es ziemlich sicher, dass er eine persönliche Unsterblichkeit nicht annimmt.

Wie mit der $ψυχὴ$ $αἰσθητική$ aufs engste die $ὄρεξις$ verbunden ist, so ist die $ψυχὴ$ $διανοητική$ mit einem Begehrungsvermögen versehen. Während nämlich den mit der $αἴσθησις$ versehenen Wesen nur die $ἐπιθυμία$ und $θυμός$ — sei es, dass wir diese Begriffe als sich deckend oder nicht auffassen — zukommt, haben die mit Vernunft begabten Wesen auch die $βούλησις$ und $προαίρεσις$; die letztere unterscheidet sich wesentlich dadurch von der ersteren, dass diese auf den Zweck, jene auf das Mittel gerichtet ist. Darum sagt auch Aristoteles (de an. 3, 11, 2): die auf den Willen gehende Vorstellung ist nur in denen, die Urtheilskraft haben; denn ob man dieses oder jenes thun soll, ist Sache der Ueberlegung. Ebenso ist zu dieser Art des Willens noch hinzuzuzählen das was die Bewegung bewirkt, denn auch diese gehört theils den niederen, theils den höheren Seelenthätigkeiten an. Es wird häufig geschehen, dass wenn wir von dem zu Wählenden, das was die Sinne und der Verstand uns rathen, vergleichen, jedes von ihnen in gewisser Beziehung als begehrenswerth erscheint. Es kommt hierbei in Betracht die Zweiheit der κινοῦντα für das πρακτόν, als τὸ ἐνδεχόμενον καὶ ἄλλως ἔχειν, ὄρεξις καὶ διάνοια πρακτική. Der Wille wird durch das, was erstrebt wird, angetrieben. So findet eine Unterscheidung zwischen dem νοῦς θεωρητικός (de an. 3, 9, 7) und πρακτικός (de an. 3, 10, 2) statt. Während der ersteren Seite das κριτικὸν διὰ αἰσθήσεως καὶ διανοίας zukommt, entspricht dieser theoretischen Seite der Seelenthätigkeit τὸ κινητικόν in Bezug auf das πράσσειν. Das Resultat ist die Wahrheit, die dem Handelnden so gut als möglich scheint. Der geistige Theil hat eine Kraft, wodurch er die Vorstellungen des Sinnes mit Freiheit bewegen und umbilden kann. Es kommt nur darauf an, ob der Mensch diese Kraft anwendet oder nicht: Im Allgemeinen zeigt sich die Thätigkeit des menschlichen νοῦς, weil sie sich in der Wahrheit bewegt, als eine θεωρητική, πρακτική, ποιητική. Ist der Geist nur mit dem θεωρεῖν beschäftigt, so geht er allmählich als νοῦς θεωρητικός bis zu den Principien der Dinge; ist er handelnd, so strebt er als νοῦς πρακτικός zu der Wahrheit, die dem Handelnden möglichst gut erscheint; endlich wenn er ποιεῖ, so strebt er als νοῦς ποιητικός im engern Sinn zu der Kunst, deren Ziel die Sache selbst ist (vergl. Pansch, de Arist. an. defin. Gryphisvald. 1861).

Wir haben schon oben den νοῦς ποιητικός dem νοῦς παθητικός als wirkendes Princip gegenübergestellt, also ist der παθητικός die δύναμις, die erst durch den ποιητικός zur ἐνέργεια geführt werden soll; er bewirkt daher als die causa efficiens, dass das, was im παθητικός der Möglichkeit nach ist, zur ἐνέργεια geführt und der παθητικός selbst dem ποιητικός ähnlich wird. So wird der Verstand mit Recht, sofern er παθητικός ist, δύναμις, sofern er ποιητικός ist, ἐνέργεια genannt. Der παθητικός erweist sich

als die erste Entelechie des menschlichen Körpers, wie *ἐπι-*
στήμη, der *ποιητικός* aber wie das *θεωρεῖν*. So viel über das
Verhältniss beider unter sich. Es bleibt noch die Frage zur
Beantwortung übrig, ob auch bei der *ψυχὴ διανοητική* die
Definition der ganzen Seele, dass diese die erste Entelechie
des organischen Körpers sei, Anwendung finde. Allerdings
zeigen sich hier grosse Schwierigkeiten. Wir sahen schon
früher, dass wie die dem Wachs eingedrückte Form von demselben nicht getrennt werden kann, so auch die *ἐντελέχεια*
untrennbar von der *δύναμις* ist. Die Form ist von der Materie nicht geschieden und nicht von aussen herzukommend,
sondern sie ist diejenige Thätigkeit, die das in der Materie
Verborgene aus derselben herauszieht. Wenden wir dies
auf den getheilten *νοῦς* an, so muss, da der *νοῦς ποιητικός*
von aussen herein in den Körper gekommen ist, derselbe also
χωρισθείς, getrennt vom menschlichen Leib, für sich existiren kann, entweder unser Begriff der Entelechie ein falscher
sein, oder es kann der *νοῦς ποιητικός* nicht als erste Entelechie bezeichnet werden. Das letztere ist der Fall, denn
er kommt von aussen und hat überhaupt am körperlichen
Leben keinen Theil, sondern trennt sich nach dem Tod
wieder von ihm, ist also von allen übrigen Theilen der
menschlichen Seele ganz verschieden. Es fragt sich nun,
ob der *νοῦς παθητικός* die erste Entelechie genannt werden
kann. Er kann nur im Körper existiren, steht mit ihm also
in innigster Beziehung und geht mit ihm unter. Ausserdem gibt uns der Vergleich des *νοῦς*[*]) *παθητικός* mit der
ψυχὴ αἰσθητική Aufschluss über diese Frage: wie die
ψυχὴ αἰσθητική nichts empfindet, ohne dass etwas empfunden werden kann, so denkt auch der *νοῦς παθητικός* nichts,
ohne dass der *ποιητικός*, welcher *νοοῦν* und *νοητόν* ist,
hinzutritt. Wie die *ψυχὴ αἰσθητική* in Bezug auf den Körper
die erste Entelechie desselben ist, die erst durch das Empfinden zur *ἐνέργεια* wird, so ist auch der *παθητικός* die

---

*) Vergl. die treffenden Bemerkungen von Pansch pag. 41, an den
ich mich eng anschliesse.

erste Entelechie des Körpers und wird durch die Thätigkeit
zur *ἐνέργεια*. Andrerseits ist auch, wie die *ψυχὴ αἰσθητικὴ*
in Bezug auf das Empfinden, so der *παθητικὸς νοῦς* in Bezug auf das Denken selbst eine *δύναμις*, die erst durch einen
Antrieb von aussen zur *ἐνέργεια* geführt werden soll. Endlich aber bringt der *νοῦς ποιητικός* aus dem, was dem *παθητικός* inne wohnt, wie aus einer *ὕλη*, die Gedanken hervor,
ebenso wie die Empfindungen sich auf die in der Natur
liegenden Dinge so beziehen, dass sie ihre Formen aufnehmen. Als Entelechie des Leibes ist die Seele zugleich
dessen Form, Bewegungsprincip und auch Zweck. Der Begriff des Zwecks durchdringt das ganze System des Aristoteles. Ohne Zweck arbeitet die Natur so wenig wie die
Vernunft; alle vernünftigen Körper sind Seelenorgane d. h.
sind, damit Seelen daseien. Der ganze Leib ist um der
Seele willen vorhanden; die Seele ist das Ziel des Leibes.
Von den vier Principien: *ἡ ὕλη*, *τὸ εἶδος*, *τὸ κινητικόν*, *τὸ*
οὗ ἕνεκα gehen nach Aristoteles die drei letzteren oft sach-
lich in eins zusammen*); denn das Wesen und der Zweck
sind an sich identisch, da der Zweck eines jeden Objekts
zunächst in dessen eigener vollentwickelter Form selbst liegt,
und die Ursache der Bewegung ist mit dem Zweck und Wesen wenigstens der Art nach identisch. Im Organismus ist
die Seele die Einheit jener drei Principien (de an. 2, 4).
Das vierte ist die Materie, deren Entelechie die Seele ist.
Die Seele ist aber nach den *τρεῖς τρόπους* Ursache des Körpers. Als *οὐσία* ist sie es, weil der Grund des Seins die
οὐσία ist, das Leben aber bei den Thieren das Sein, Grund
aber und Princip derselben die Seele ist. Sie ist es aber
auch als Zweck. Wie nämlich der Geist eines Zwecks wegen thätig ist, so auch die Natur, und dies ist ihr Zweck;
alle physischen Körper sind Werkzeuge der Seele, nur ihret-
wegen da. Die Seele ist endlich *τὸ ὅθεν ἡ κίνησις*, denn

---

*) Phys. 198 a 24: *ἔρχεται δὲ τὰ τρία εἰς τὸ ἓν πολλάκις· τὸ μὲν γὰρ
τί ἐστι καὶ τὸ οὗ ἕνεκα ἕν ἐστι, τὸ δ' ὅθεν ἡ κίνησις πρῶτον τῷ εἴδει
ταὐτὸ τούτοις· ἄνθρωπος γὰρ ἄνθρωπον γεννᾷ.*

hierin liegt Veränderung und Wachsthum. Die ψυχὴ θρεπ-
τικ́η erreicht ihren Zweck insofern, als sie, während sie nur
kurze Zeit lebt, durch die Zeugung sich ihrer Art nach fortwährend erhält, um so möglichst viel am ewigen Wesen der
Gottheit theilzunehmen. Am Göttlichen aber theilzunehmen
so viel als möglich, darnach strebt die ganze Natur. So
ist die Seele der Pflanze das Vegetative und ist ihr höchstes Ziel. Ueber die sensitive Natur spricht sich Aristoteles
so aus, dass das Thier eine Empfindung haben muss, wenn
die Natur nichts ohne Zweck thut. Ohne Empfindung würde
der Körper zu Grunde gehen und nicht zu seinem Ziel gelangen. Bei den Thieren ist das Sensitive das höchste und
letzte Ziel; aber um zu sein, hat die Thierseele auch das
Vegetative nöthig. Was also bei den Pflanzen das letzte
war, dient jetzt zum Werkzeuge. Darum kann das Vegetative das Sensitive entbehren, aber nicht umgekehrt. Höher
als beide stehend und mehr' noch, besonders durch seinen
νοῦς, der Gottheit verwandt, ist der Mensch, daher ist in
ihm am meisten Göttliches. In ihm ist das Intellective das
höchste Ziel, aber hierzu ist das Vegetative und Sensitive nöthig, weil sonst Gedächtniss und Erfahrung, ohne die
wir zum Wissen nicht gelangen können, nicht stattfinden
können. Was daher auf einer niederen Stufe das höchste
ist, wird auf der höheren zum Werkzeug. Auch in anderer
Weise finden wir in der Natur diese Zweckbestimmung.
Die Pflanzen sind ausser dem ihnen eigenthümlichen Zweck
da, um den Thieren zur Nahrung zu dienen, ebenso sind
auch die Thiere der Menschen wegen da, denen sie theils
durch ihre Dienste, theils durch ihr Fleisch u. dergl. nützen
(Polit. 1256b, 15).

Das Ziel der menschlichen Thätigkeit, das höchste
menschliche Gut ist die Glückseligkeit, die auf der vernünftigen Thätigkeit der Seele in der vollen Dauer des Lebens
beruht. Gott aber, der reine Geist, der sich selbst denkt,
dessen Denken also νόησις νοήσεως ist, der bewegt, indem er selbst unbewegt bleibt, als das Gute ist der Zweck,
dem Alles zustrebt vermöge der Anziehung, die jedes Ge-

liebte auf das Liebende übt. Dies zu erreichen soll der
Mensch streben, da es bis jetzt in ihm nur im Keim vorhanden ist. Auf dieses Ziel ist der Mensch von Geburt an an-
gelegt. Dies zeigt sich darin, dass, wie wir oben sahen, der
Mensch in seiner natürlichen Entwicklung zuerst ein pflanzliches, dann ein thierisches und endlich ein menschliches Leben
führt. Der Zweck des ersten ist die Erreichung des thierischen
Lebens, dessen Zweck der menschliche $νοῦς$ ist, bei dem aber
wieder der $νοῦς\ παϑητικός$ seinen Zweck und sein Ziel im
$νοῦς\ ποιητικός$ hat, der näher von Gott entfernt ist. So hat
Alles seinen Zweck in Gott. Als actuelles Princip aber ist
Gott nicht ein letztes Produkt der Entwicklung, sondern
das ewige Prius derselben. Das Denken, welches seine
Thätigkeit ist, ist das höchste Leben.

Gehen wir nun zur Prüfung der aristotelischen Seelenlehre über. Wir sahen schon früher, dass die Schwierigkeiten, eine genügende Erklärung der Seele zu geben, bis
zu Aristoteles nicht gelöst worden waren. Der Grund liegt
nahe. Denn die Functionen der Seele sind so mannichfaltig,
die Anlagen der Menschen so ausgedehnt und dabei so beständig in Bewegung, dass es auch bis jetzt noch nicht
gelungen ist, eine endgültige Entscheidung über das Wesen
der Seele zu geben. Haben zwar die meisten der grossen
Philosophen der neuern Zeit (mit Ausnahme von Kant, der
die Lehre über die Seele fast nicht behandelt hat) dieses
Problem zu lösen versucht, so sind es doch nur Versuche
geblieben. Ausserdem aber hängt fast durchgehends die
Seelenlehre derselben so eng mit ihrem System zusammen,
dass nur im Zusammenhang mit demselben ihre Lehre vollständig verstanden werden kann. Indem nämlich die einen
der Philosophen von der Mannichfaltigkeit der Thätigkeiten
des Geistes, andere von der Einheit desselben ausgingen,
haben die ersteren nicht vermocht, alle diese Fähigkeiten zu
einem Ausgangspunkt der Seele zurückzuführen, die letzteren

konnten aus der Einheit nicht die Vielheit der Erscheinungen erklären. So werde ich mich denn in Folge hiervon fast durchweg negativ verhalten und nur die Mängel der aristotelischen Seelenlehre aufzudecken suchen.

Was die Lehre des Aristoteles betrifft, so ist zuerst zu untersuchen, ob die Grenze, die er für die beseelten Wesen gesetzt hat, weder zu weit noch zu eng ist. Wenn Aristoteles (de an. 2, 2, 2) davon ausgeht: $\lambda\acute{e}\gamma o\mu\varepsilon\nu$ $\dot{\alpha}\varrho\chi\dot{\eta}\nu$ $\lambda\alpha\beta\acute{o}\nu\tau\varepsilon\varsigma$ $\tau\tilde{\eta}\varsigma$ $\sigma\varkappa\acute{\varepsilon}\psi\varepsilon\omega\varsigma$ $\delta\iota\omega\varrho\acute{\iota}\sigma\vartheta\alpha\iota$ $\tau\grave{o}$ $\ddot{\varepsilon}\mu\psi\upsilon\chi o\nu$ $\tau o\tilde{\upsilon}$ $\dot{\alpha}\psi\acute{\upsilon}\chi o\nu$ $\tau\tilde{\omega}$ $\zeta\tilde{\eta}\nu$, so fragt es sich, ob es noch andere Wesen gibt, denen Leben und somit eine Seele zugeschrieben werden kann. Allerdings gibt es die Steine, die insofern lebend genannt werden können, als sie z. B. Krystalle ansetzen. Dazu sind sie auch physische Wesen, aber zu den organischen können sie nicht gezählt werden. Es kann ihnen aber darum keine Seele zugeschrieben werden, weil die Seele das formbildende Princip ist, das in· dem Körper ist, daher auch die Ursache der Bewegung, des Wachsthums und der Abnahme. Allein bei ihnen geben die Krystalle dem Steine nicht die Form, ausserdem setzen sich dieselben nur ´zuweilen an; endlich liegt die $\dot{\alpha}\varrho\chi\acute{\eta}$ der Zunahme und Abnahme ausserhalb derselben. Aber es gibt auch kein höheres Wesen, dem wir eine Seele zuschreiben können, wenn· wir nicht in Pantheismus fallen wollen. Ebenso würden wir, wenn wir Spinoza's Lehre folgten, dass alles Körperliche beseelt sei, wenn auch in verschiedenen Graden, also in der Natur Alles dasselbe sei, zum Pantheismus kommen. Es fragt sich aber weiter, ob nicht vielleicht der Begriff von der Seele etwas enger zu fassen ist. Aristoteles gestand sowohl den Pflanzen als auch den Thieren, ebenso wie den Menschen eine Seele zu. Vielfach aber leugnet man, dass den Pflanzen eine Seele innewohne. Dem Aristoteles ist die den Pflanzenkörper bildende und gestaltende Seele nichts mehr und nichts weniger als das organische Leben derselben, das sich in ihrer Ernährung und Fortpflanzung bethätigt. Wenn aber ein beseeltes Wesen das ist, was lebt, Leben aber in den Pflanzen erblickt wird, so scheint demnach die Pflanze beseelt zu sein. Unter

Seele ist bei den Pflanzen nur die Lebenskraft zu verstehen. Es fragt sich, ob man diese Lebenskraft Seele nennen kann, denn gewöhnlich theilt man Seele demjenigen zu, was in sich die Form des Individuums hat. Demnach würde den Pflanzen allerdings die Seele abzusprechen sein. Im Thiere zeigt sich die Seele nicht blos als unbewusste organisirende Kraft und Thätigkeit, sondern auch als die bewussten Thätigkeiten der sinnlichen Wahrnehmung, Begehrung und der willkürlichen Empfindung. Sie befasst ausser der vegetativen und animalischen Lebensthätigkeit auch noch die sämmtlichen niedern eigentlichen Geistesfunctionen in sich. So ist in den Thieren die Form des Individuums vorhanden. Für die Vereinigung der organischen Lebensfunctionen mit den bewussten Geistesfunctionen hatte Aristoteles den griechischen Sprachgebrauch für sich, der mit dem Wort ψυχή beides bezeichnete. Es ist viel darüber gestritten worden, ob den Thieren eine Seele zuzustehen sei oder nicht. Besonders sprach sich die Leibnitz-Wolff'sche Schule zu Gunsten der Annahme einer Thierseele aus, während die Kant'sche Philosophie, ebenso wie die Hegel'sche ihr ungünstig waren. „Das Thier ist kein Einzelnes, weil die Natur nicht zu einer wirklichen Identität des Einzelnen mit seiner wesentlichen Allgemeinheit kommen kann". Hieraus entsprang der Hegel'sche Begriff des Instinkts als die auf bewusstlose Weise wirkende Zweckthätigkeit (Hegel, Encyclopädie §. 360). Wir wollen zwar nicht den Thieren eine Seele absprechen, können diese auch mit der menschlichen Seele vergleichen, wenn es uns zur Erkenntniss derselben Vortheil bringt; allein es ist unmöglich, ihre Seelen als Theile der menschlichen Seele anzusehen. Physisch könnten wir zwar noch eine Stufenfolge von Mensch und Thier erkennen, allein der Abstand zwischen beiden ist psychisch ungleich bedeutender als physisch. Dass die Denk- und Willensakte der Menschenseele Akte eines persönlichen Princips seien, wird durch das dieselbe begleitende Bewusstsein der Seele um ihre eigne Selbstheit bezeugt. Diese Bewusstheit um die eigene Selbstheit als Subjekt des Denkens und Wollens ist eine unmittelbare

und lässt sich so wenig verleugnen, dass die denkende Seele
die Zumuthung einer solchen Verleugnung einer widernatür-
lichen Verleugnung ihres eignen Seins gleich erachten müsste,
das ihr doch unmittelbar gewiss ist: cogito, ergo sum.
Eben dieses alle bewussten Thätigkeiten der Menschenseele begleitende Selbstbewusstsein ist ein weiteres Zeug-
niss ihrer Selbstheit als unmittelbare und naturnothwen-
dige Aeusserung derselben. Durch dieses Selbstbewusstsein unterscheidet sich aber der Mensch so wesentlich vom
Thier, dass auch die niedrigste Menschenseele und die höchste
Thierseele noch weit von einander entfernt sind. Von hier
aus betrachtet zeigt sich die Seele des Menschen auch in
einem so eigenthümlichen Licht, dass sich Functionen, die
den Thierseelen ähnlich zu sein scheinen, doch bedeutend
von jenen unterscheiden und nur äusserlich mit denselben
verglichen werden können. Dies ist der Grund, warum, obgleich bei dem Menschen eine so grosse Verschiedenheit und
ein Fortschritt der Entwicklung nach dem Alter stattfindet,
indem er zuerst eine pflanzliche, dann eine thierische Seele
seiner Entwicklung nach zu haben scheint, er sich doch von
Pflanzen und Thieren wesentlich unterscheidet. Jedermann
wird zugeben, dass die ganze Fähigkeit der menschlichen
Bildung in allen Menschen vorhanden ist, was doch bei den
Thieren und Pflanzen auf keine Weise gedacht werden kann.
Endlich zerstört auch eine Annahme, dass Theile der Seele
für sich getrennt existiren können, die Einheit der Seele,
die doch in jedem Fall festzuhalten ist.

Wir sahen, dass in der Menschenseele zu den Functionen der Thierseele auch noch das vernünftige Denken
tritt. Ohne Zweifel ist es schon bedenklich, dass Aristoteles aus der Verbindung so heterogener Energien die
eine, ungetheilte Seele des Menschen hervorgehen liess.
Während aber die Seele untrennbar an den Leib gebunden
ist, so dass sie auch mit ihm stirbt, soll dies nach Aristoteles nur das niedere Gebiet derselben treffen, den νοῦς παθητικός, während der höhere Theil davon ausgenommen wird.
Derselbe tritt von aussen in den Leib und geht unversehrt

wieder davon, wenn der Leib stirbt. Hier kommt zu Tage, dass Aristoteles vergeblich versucht hat, Unvereinbares zu vereinen. Denn an eine Verbindung beider zu denken ist unmöglich. Die zeitweilige Verbindung des νοῦς mit dem Leib und den übrigen Seelenfunctionen trägt abgesehen von andern Gründen die Schuld, dass Aristoteles den νοῦς theilen musste in eine Vernunft der Möglichkeit nach, die leidende Vernunft, und in die der Wirklichkeit nach, die thätige Vernunft, obgleich der νοῦς als reine Thätigkeit eingeführt war. Ueberhaupt sieht sich Aristoteles durch die Erfahrung, dass wir nicht immer thätig sind, genöthigt, die gesammte seelische Thätigkeit als Vermögen zu setzen, das nur abwechselnd in Thätigkeit ist. Andrerseits aber musste er sich auch ein Mittelglied zwischen dem νοῦς ποιητικός und der Materie schaffen, da eine unmittelbare Verbindung derselben undenkbar ist. Wenn nun gegen Aristoteles' Lehre von der Seele eingewandt wird, dass die Definition der Seele durchaus nicht mehr auf das höchste derselben, die Vernunft, passe, da dieselbe nicht Energie oder Entelechie des Leibes sein kann, an den sie gar nicht gebunden ist, so ist diese Bemerkung richtig vom νοῦς ποιητικός, nicht aber vom παθητικός, der, wie wir sahen, wohl als erste Entelechie bezeichnet werden kann. Es tritt hier ein Dualismus zu Tage, der auf keine Weise vereinigt werden kann. Wir können uns nicht vorstellen, wie der νοῦς ποιητικός, durch die Erzeugung in den Einzelnen entstanden, ein Theil der menschlichen Seele genannt werden kann, noch viel weniger wie dies geschehen kann, weil er der Verbindung mit dem Körper entbehrt. Da er aber einen göttlichen Ursprung hat, was würde von der menschlichen Eigenthümlichkeit bleiben, wenn wir das körperliche Leben und alles Leiden mit dem Selbstbewusstsein diesem νοῦς absprächen? Endlich ist es nicht denkbar, wie überhaupt ein Fortschritt stattfinden soll, da nichts in Möglichkeit, sondern Alles schon in Wirklichkeit da ist. So sind wir denn zu dem Resultat gelangt, dass es allerdings als ein Mangel der aristotelischen Seelenlehre erscheint, dass der νοῦς ποιητικός unter der

4

Definition nicht mitbegriffen wird, ausserdem aber der *νοῦς
παϑητικός*, der alle niederen Kräfte in einen Knoten vereinigt, entbehrlich ist, da die *ψυχὴ αἰσϑητικὴ* im Stande ist,
alle niedern Kräfte zu erfassen und dem *νοῦς* als solchem
darzubieten.

Es haben sich nun von Seiten der herbartschen Philosophie bedeutende Stimmen*) erhoben, welche behaupteten, dass Aristoteles mit seinem Begriff nichts erreicht
habe und nichts habe erreichen können. Durch den Gegensatz des Möglichen und Wirklichen würden oft die
wichtigsten Fragen nicht gelöst, sondern nur durch diese
oder andere Worte bedeckt; die gemeinschaftliche Quelle,
aus der beide stammten, habe er nicht deutlich angegeben,
ebenso habe er ihre Grenzen nicht eingehalten; zu eigentlich causalen Erklärungen komme es bei Aristoteles so gut
wie gar nicht, wie sehr er auch vor Allem das Werden und
die Uebergänge im Gebiet des Daseins und Geschehens im
Auge gehabt habe. Darum dürfe man auch keine wahre
Auskunft über das Verhältniss von Leib und Seele in dem
aristotelischen Begriff suchen. Frage man, was die Seele
sei, so erhalte man zur Antwort: „die Entelechie des Leibes", frage man, was der Leib als solcher, so solle der
Begriff des Leibes die Antwort geben: „das ist seine Seele".
Man werde also vom Leib zur Seele gewiesen und von der
Seele zurück zum Leib. Der Leib aber sei lebensfähig, der
Begriff des Lebens werde aus der Erfahrung genommen;
das erfahrungsmässige Leben stamme aus dem Begriff des
Lebens. Besonders ist es Volkmann (die Grundzüge der
aristotelischen Psychologie. Prag 1858, in den Abhandl. der
böhm. Gesellsch. der Wissensch. 10. Bd. Prag 1859), welcher der Psychologie des Aristoteles keinen andern Werth
als den zugestehen will, dass sie für das Verständniss der

---

*) Vergl. hierzu Schilling: die verschiedenen Grundansichten über
das Wesen des Geistes Akad. Festrede. Giessen 1863. und Harten-
stein: de psychologiae vulgaris origine ab Aristotele repetenda. Lip-
siae 1840.

historischen Entwicklung der Psychologie ein unentbehrliches Buch bleibe. Aber nicht nur ist gegen die Brauchbarkeit des Begriffs von δύναμις und ἐνέργεια, ferner mit spezieller Beziehung auf die Seele von ἐντελέχεια Einspruch erhoben worden, sondern auch gegen den Begriff der ersten Entelechie; so sagt Volkmann pag. 147: „Eine ἐντελέχεια ὡς ἐπιστήμη, also ohne bestimmte Thätigkeit, eine Entelechie, die ihr Ziel erst von anderswoher erhalten und erst ausgefüllt werden muss, ist ein Widerspruch in sich". Endlich widerstreite es dem Begriff der ὕλη, dass er eine unbestimmte Materie in der Bestimmung der Seele als bestimmt und für fähig erachtet habe, diejenige Qualität aufzunehmen, die der Begriff der Seele verlange (eb. S. 149). Aber zunächst ist es nicht richtig zu behaupten, Aristoteles habe die gemeinschaftliche Quelle nicht angegeben, denn er hat sie sehr wohl bezeichnet als die wahre ἐνέργεια, als Gott, und von ihr dann die δύναμις und ἐνέργεια abgeleitet. Beide aber hat er dann unter sich in Beziehung gesetzt, nicht aber vermischt; denn er hat genau gezeigt, wie aus der δύναμις die ἐνέργεια wird. Er hat aber zur Definition einer Sache nach bestimmtem Plan bald die ἐνέργεια bald die δύναμις angewandt, da man überhaupt nicht definiren kann, ohne andere Begriffe dazu anzuwenden. Wenn er aber die Seele durch den Begriff des Leibes und Lebens (διορίσθαι τὸ ἔμψυχον τοῦ ἀψύχου τῷ ζῆν), dies aber als das was Zuwachs und Abnahme hat, erklärt, so ist ein Cirkelschluss nicht zu erkennen. Was ferner den Einspruch betrifft, der erhoben ist gegen den Begriff der ersten Entelechie, so ist es sicher, dass sie ihr Ziel in sich selbst hat; denn Aristoteles sagt, dass von den vier Principien drei in der Seele begriffen werden; das Ziel aber ist ὡς ἐπιστήμη. „Potentia ipsa est finis, si corpus spectas", und zwar ist die Seele ἐνέργεια, wenn sie bezogen wird auf das ἐπίστασθαι, vollendete ἐνέργεια aber, wenn auf das θεωρεῖν. Wenn man die Seele auf τὸ αἰσθάνεσθαι bezieht, ist sie noch nicht vollendet, wenn aber auf den Körper, so ist dieselbe die vollendete ἐνέργεια; denn wo die Seele nicht mehr den Dienst der vollendeten ἐνέργεια thut, da ist kein Leben mehr. Endlich

4*

aber hat man die Definition als mit dem Begriff der $\ddot{v}\lambda\eta$ in Widerspruch stehend erachtet. Die Form, welche der Materie vorangeht, die Seele, bewirkt, dass der Körper fähig ist, — was im Begriff der $\dot{\epsilon}\nu\tau\epsilon\lambda\acute{\epsilon}\chi\epsilon\iota\alpha$ liegt. Auf keine Weise ist zuzugeben, dass nach Aristoteles die Materie des Körpers begrenzt sei, bevor die Seele darin wohne.

Wir kommen nunmehr zum Begriff der Seelenvermögen, auf die Aristoteles seine ganze Lehre aufgebaut hat, welche aber Herbart völlig beseitigen will. Ausgehend von der Einheit des Selbstbewusstseins und von einfachen psychologischen Voraussetzungen sagt er (Lehrb. zur Psychologie S. 150 ff.): Die Seele ist ein einfaches Wesen, nicht blos ohne Theile, sondern auch ohne irgend eine Vielheit in ihrer Qualität; sie ist demnach nicht irgendwo, dennoch muss sie im Denken, worin sie mit andern Wesen zusammengefasst wird, in den Raum und zwar in das Einfache, das Nichts im Raum, gesetzt werden; sie ist ferner nicht irgendwann; sie hat gar keine Anlagen und Vermögen, weder etwas zu empfangen noch zu produciren. Sie hat ursprünglich weder Vorstellungen noch Gefühle, noch Begierden. Das wahre Was der Seele ist völlig unbekannt und bleibt es auf immer. Zwischen mehreren unter sich ungleichartigen einfachen Wesen gibt es ein Verhältniss, welches darin besteht, dass in der einfachen Qualität jedes Wesens etwas geändert werden würde durch das andere, wenn nicht ein jedes widerstände. Dergleichen Selbsterhaltungen sind das Einzige, was in der Natur wirklich geschieht, die Selbsterhaltungen der Seele, sind Vorstellungen und zwar einfache Vorstellungen, weil der Akt der Selbsterhaltung einfach ist, wie das Wesen, das sich erhält. Alles was geschieht, wird auf Vorstellungen zurückgeführt sowohl auf Hemmungen als auf Complicationen und Verschmelzungen, als auf Sinken und Steigen der Vorstellungen. Damit besteht aber eine unendliche Mannichfaltigkeit von mehreren solchen Akten. Allein es entsteht die Frage, wie es möglich sei, dass die Seele in ihrer Einfachheit durch die Mannichfaltigkeit der Dinge nicht im mindesten alterirt wird, sondern alle auf sie eindringenden Ge-

danken ruhig erträgt und ihre eigne Mannichfaltigkeit nicht
empfindet. Es ist nicht erklärt, wie die Seele, als ein Einfaches, im Zusammen mit Anderem eine so vielseitige, in
sich verschiedene Gegenwirkung haben kann; und ein Raum-
und Zeitloses, das räumliche und zeitliche Beziehungen hat,
ist noch weniger klar, noch weniger vom Widerspruch frei
als die Begriffe der Erfahrung, die an Widersprüchen leiden
sollen (Trendelenburg, log. Unters. II, 81). Wenn also die
Seele keine Anlagen und Vermögen haben soll, wie soll aus
ihr die Mannichfaltigkeit des menschlichen Geistes erkannt
werden? Ist dies nicht der Fall, so bleibt ja zur Erklärung
der Natur und Anlage der Seele nicht das Mindeste. Was
aber die Selbsterhaltungen betrifft, auf die Herbart alle
Thätigkeiten der Seele bezieht, so sagt Trendelenburg (hi-
stor. Beitr. zur Philos. II, 347): die Selbsterhaltung des Organischen, weit entfernt nur im Zusammenstoss von Plus
und Minus die eigene Natur zu behaupten, ist Selbstver-
wirklichung und Selbsterweiterung. Darin wird ihr Wesen
Thun. — In einem solchen Thun ist die Identität, das Princip in Herbarts Logik und Metaphysik, dahin.

Die gewöhnliche Zurückführung der drei Thätigkeiten
Vorstellen, Fühlen und Begehren auf eben so viele Vermögen
hat nach. Herbart zweierlei gegen sich. Die Annahme solcher als transscendentaler Freiheiten gedachter Vermögen
hebt alle Gesetzmässigkeit auf. Und die Annahme solcher
als ganz wechselseits sich ausschliessend gedachter Thätigkeiten hebt deren metaphysische Erklärbarkeit auf. Vielmehr, es gibt nur Thätigkeiten der Seele als Folge des Geschehens in der Umgebung der Seele und die allgemeine
Grundform derselben ist das Vorstellen, während Fühlen
und Begehren nur Modificationen der Art sind, wie Vorstellungen sich im Bewusstsein finden. Wenn nun aber jede
Vorstellung gleichsam der innere Zustand der Seele ist, so
müssen wir unzählige Facultäten annehmen, weil einem jeden
Habitus der Gedanken immer ein bestimmtes Vermögen zugeschrieben werden muss, durch welches die Seele diesen
bestimmten Habitus erleidet und dies auf die bestimmte

Weise erleidet. Hier kommt noch ein andrer tiefgreifender Unterschied der herbartschen und der aristotelischen Lehre zum Vorschein. Wir sahen schon oben, welches Gewicht Aristoteles darauf legt, dass alles, was geschieht, eines Zweckes wegen geschieht, ebenso dass schon mit dem Begriff der Entelechie unmittelbar der des Zwecks verbunden war, so dass also, wenn die Seele Entelechie genannt wurde, sofort sich ihre Bewegung und ihr Streben, den Körper immer mehr den Forderungen der Seele anzupassen ergab. So werden die im Körper verborgen liegenden Kräfte zur Wirklichkeit geführt. Hieraus ergibt sich die Mannichfaltigkeit der Thätigkeiten der Seele. Herbart hingegen, der von der Einheit der Seele ausgeht, entbehrt des Ziels, und in Folge dessen ist sie leer und gewährt nichts, woher die Mannichfaltigkeit abgeleitet werden kann. Darum sagt Trendelenburg (log. Unters. II, 82): „Erst mit dem Begriff des Zwecks bildet sich die Möglichkeit von Selbsterhaltungen, welche Herbart auf alles Seiende anwendet; denn vorher gibt es kein Selbst im eigentlichen Sinne, sondern nur Reaction eines Bildungsgesetzes. Erst mit dem Begriff des Zwecks gibt es den möglichen Gegensatz von Innerem und Aeusserem, der bei Herbart schon bei der Materie erscheint. Der Zweck, der Mittelpunkt der Thätigkeiten, ist hernach in den lebenden Wesen, nicht wie in der Maschine fremd, er wird sein eigen; in verschiedener Abstufung der Wesen wird er begehrt, empfunden, gedacht, gewollt; und wenn wir sagen: die Seele begehrt, empfindet, oder in höherer Stufe die Seele (der Geist) denkt, will, so ist die Seele darin der sich verwirklichende Zweckgedanke.“

Der Begriff hält dem Dinge gleichsam seinen vollendeten Zustand als seine Bestimmung und seinen Zweck vor, den es zu realisiren hat. Er muss also, bevor derselbe in seiner Erscheinung auftritt, schon vorliegen. Dies ist auch mit der Seele der Fall. Allein obgleich sie die Entelechie ist, ist es doch nicht möglich, die Seele bei Aristoteles als eine Einheit aufzufassen. Vielmehr was Aristoteles dem Plato zum Vorwurf gemacht hat, dass derselbe über den

Dualismus nicht herauskomme, gilt auch von ihm. Sahen wir schon, dass der *νοῦς ποιητικός* sich mit dem *παθητικός* nicht verbinden lasse, so können wir das Nämliche von der Verbindung desselben mit den übrigen Theilen des Körpers sagen. Ist der *νοῦς παθητικός* die Entelechie des Körpers, daher unmittelbar von seiner Geburt an in demselben vorhanden, so kann dies nicht vom *νοῦς ποιητικός* gesagt werden. Es ist daher nicht zu erkennen, wie eine einheitliche Person aus diesen ganz heterogenen Elementen, von denen der eine ganz ins Leben des Körpers verwickelt ist, der andere aber in keiner Beziehung zur Materie steht, hervorgehen soll. War sich Aristoteles dessen sehr wohl bewusst und hat er darum auch den *νοῦς παθητικός* als Verbindungsglied zwischen diese beiden heterogenen Elemente gesetzt, so hat er doch damit die Schwierigkeiten nicht aufgehoben. Die Entstehung der Seele, welche die Entelechie des Körpers ist, hängt mit derjenigen des Körpers eng zusammen; im männlichen Samen liegt der Anfang der Seele und geht zugleich mit ihm vom Erzeugenden zum Erzeugten über (de gen. an. 736b. 29). So kommt nach Aristoteles der *νοῦς* des Menschen sowohl durch den Samen in den Körper als auch von aussen, wie ja der von aussen kommende *νοῦς* überhaupt am körperlichen Leben nicht theilnimmt. Wie aber auf diese Weise eine Persönlichkeit entstehen soll, ist nicht zu begreifen. Denn unmöglich kann die Persönlichkeit so beschaffen sein, dass sie nur der Eigenschaften des *νοῦς ποιητικός* theilhaftig ist, andrerseits aber auch nicht der nur niedrigen Seelentheile, weil die Persönlichkeit wesentlich auf dem *νοῦς ποιητικός* beruht; denn ihm gerade hat Aristoteles das einem jeden Menschen Eigenthümliche zugetheilt. Der *νοῦς ποιητικός* aber, welcher an den wechselnden Zuständen des Lebens nicht theilnimmt, entsteht weder, noch vergeht er. Er entbehrt überhaupt der Veränderung und ist nicht leidend; andrerseits ist den niedern Theilen von Aristoteles die Bewegung und Veränderung abgesprochen. Ebenso ist es schwierig, Thätigkeiten wie die *φρόνησις*, die durch den *νοῦς* bewirkt werden, einer bestimmten Kraft oder Fähigkeit der Seele zuzuschreiben. Das Gleiche ist mit der ὄρεξις der Fall, da wir nicht wissen, welchem Theile der Seele wir sie zutheilen sollen. Die Verbindung aber der ψυχή αἰσθητική und διανοητική, die auch durch die Phantasie, ohne welche nichts gedacht werden kann, welche aber selbst von den Sinnen getrennt nicht zu existiren vermag, zwar erstrebt, aber nicht erreicht wird, ist wohl dadurch zu erzielen, dass der νοῦς die abstracten, die ψυχή αἰσθητική aber die concreten Dinge in sich erfasst.

Es fragt sich nun, ob Aristoteles die Seele des Menschen wirklich eine Entelechie nennen konnte. In der That ist der νοῦς eine solche, weil er mit dem Körper eng verbunden ist und die Einheit im menschlichen Geist erblickt wird. Er ist daher das schöpferische Princip, das alle niedern Fähigkeiten in sich vereinigt. Dazu aber ist der Körper ihm entsprechend. Denn der menschliche Körper zeichnet sich in jeder Weise vor dem des Thieres aus, so dass er ein wahrer Wohnplatz der Seele ist. Im νοῦς ist die Verbindung der einzelnen und der allgemeinen Begriffe; denn die letzteren werden erst vermöge der ersteren, die von den Sinnen in den νοῦς übergehen, erreicht. Wenn aber Aristoteles dies nicht that, so geschah es darum, weil er glaubte, dass der Geist, der die allgemeinen Begriffe aufnehme, selbst universal sein müsse.

Wenn aber die Seele die Entelechie des Körpers ist, wie kann sie unsterblich sein? Bei Aristoteles zeigt sich der Dualismus, der durch sein ganzes System geht, auch hier. Nur der νοῦς ποιητικός kann fortleben. Da aber dieser dem Personleben ganz entfremdet ist, wie kann denn der νοῦς irgend etwas Individuelles an sich tragen? Darüber gibt Aristoteles keine Auskunft. Denn wie der νοῦς von aussen in die Seele kommt, von der er sich nach dem Tod wieder trennt, so fehlt während des ganzen Lebens eine bestimmte Einheit in der Verbindung des sterblichen und unsterblichen Theils, eine Einheit, die auch durch den νοῦς παθητικός vergeblich angestrebt ist.

Sind dieses entschiedene Mängel der aristotelischen

Lehre, so müssen doch die grossen Verdienste anerkannt werden, die er sich sowohl um die Philosophie im Ganzen durch Einführung der δύναμις und ἐντελέχεια, — Begriffe, welche von seinen Vorgängern fast gänzlich vernachlässigt worden waren, — als auch um die Seelenlehre im Besonderen, erworben hat, da er es gewesen ist, der dieselbe zuerst einer genaueren Untersuchung unterworfen hat.

Nachtrag.

Schon war diese Abhandlung geschrieben, und nur äussere Umstände verzögerten den Druck, als mir die mit vieler Umsicht abgefasste Schrift von Brentano: „Die Psychologie des Aristoteles, insbesondere seine Lehre vom νοῦς ποιητικός" (Mainz 1867) zu Gesicht kam. Ich habe daher mich in meiner Bearbeitung durch sie nicht beeinflussen lassen können; doch erschien die Schrift zu bedeutend, als dass ich nicht wenigstens eine kurze Angabe der Punkte, in denen der Verf. jener sehr verdienstlichen Schrift von der hier vorgetragenen Ansicht abweicht, und einige Zweifel meinerseits hätte andeuten müssen. Seine Ansicht über den νοῦς ποιητικός ist aber folgende: In ähnlicher Weise, wie die sensible Qualität von Aristoteles das ποιητικόν für die Sinne genannt wird, gibt es auch für den Verstand ein ποιητικόν, den νοῦς ποιητικός. Als ursprünglich gegebene active Kraft der intellectiven Seele muss er mit dem νοῦς δυνάμει, der leidend die Gedanken aufnimmt, theils übereinstimmende, theils entgegengesetzte Beschaffenheit haben; sie müssen übereinstimmen, insofern als beide geistig sind, entgegengesetzt sein, insofern als das Denken als Leiden wie das Empfinden ein entsprechendes wirkendes Princip verlangt. Mit grossem Scharfsinn sucht der Verf. zu beweisen, dass dem Aristoteles diese so intellective Seele unsinnlich und geistig sei (S. 117—128) und kommt nach de an. 3, 4 fin. zum Resultat, dass der Verstand des Menschen ein formauffas-

sendes Vermögen und seiner Natur nach die blosse Möglichkeit der Gedanken ist, dass ferner dieses Vermögen ein
Vermögen allein der Seele, also der *νοῦς δυνάμει* geistig
und unsterblich ist, endlich dass der Mensch nur ein einziges
erkennendes Vermögen hat, da ein wirkliches Erkennen seinem Geist nicht gegeben ist, der *νοῦς δυνάμει* aber für alles
Intelligible nur ein einziger, der *νοῦς ποιητικός* also nicht
ein geistiges Erkennungsvermögen ist (S. 143 f.). Um zu den
übrigen Kräften der intellectiven Seele zu gelangen, bespricht
der Verf. das Verhältniss des *νοῦς δυνάμει* zu den Phantasmen; denn nach Aristoteles entsteht das geistige Denken
stets mit der Phantasie. Allein gegen diese Lehre von der
Abhängigkeit unseres geistigen Erkennens von den Phantasmen erheben sich nach Brentano gewichtige Bedenken:
1) erscheint jedes Schliessen, Definiren, überhaupt jedes
freie methodisch fortschreitende Denken als etwas Unbegreif-
liches, 2) scheint den Phantasmen nicht der von Aristoteles
ihnen zugeschriebene Einfluss zukommen zu können. Die
erste Schwierigkeit wird gehoben durch eine Kraft, durch
welche der intellective Theil mit Bewusstsein in die Sphäre
des sensitiven eingreift, die zweite durch den *νοῦς ποιη-*
τικός, der das eigentlich wirkende Princip unserer Gedanken
ist. Es ist etwas Geistiges, was, in dem sensitiven Theil
gegenwärtig, auf ihn jenen Einfluss übt, der mittelbar die
Bewegung der intellectiven Seele und das geistige Erkennen
zur Folge hat. Die intellective Seele muss auf den sensitiven Theil eine Art von anziehendem Einfluss üben, so dass
der sensitive Theil ihr gleichsam zustrebt und rückwirkend
jene Aenderung in ihr hervorbringt, an die das Entstehen
der Begriffe geknüpft ist (S. 164). So gerüstet geht der
Verf. zur Erklärung von de an. 3, 5 und weist (S. 166 ff.) nach,
dass der *νοῦς ποιητικός* das wirkende Princip unserer Gedanken, dass er etwas zur menschlichen Seele und zwar zu
ihrem geistigen Theil Gehöriges sei, vom *νοῦς δυνάμει* verschieden, also nur dem Subjekte, nicht aber dem Sein nach
mit ihm identisch sei, dass die Natur beider Vermögen entgegengesetzt sei und endlich, dass der *νοῦς ποιητικός* zu-

nächst auf den sensitiven Theil, in dessen Vorstellungen die intelligibeln Formen enthalten sind, wirke und daher erst mittelbar den aufnehmenden Verstand zum wirklich denkenden mache. Von dem νοῦς kann nicht als von einem Wesen, welches von der menschlichen Seele getrennt ist, die Rede sein; denn Aristoteles sagt, dass in der Seele diese Unterschiede bestünden. Wenn nun Aristoteles im 4. Capitel gesagt hatte, der aufnehmende νοῦς sei ἀπαθής und dann den Verstand für unvergänglich erklärt hatte, so fragt es sich, was der νοῦς παθητικός bedeuten solle. Brentano meint, dass es die Phantasie ist, welche als sinnliches Vermögen nicht an der ἀπάθεια des aufnehmenden Verstands theilnimmt (S. 208), und sucht dies durch Stellen aus andern Schriften des Aristoteles zu erhärten, wo der Phantasie der Name νοῦς beigelegt sein soll.

Auf folgende Punkte lässt sich also seine Ansicht zurückführen, in welchen er von der hier vorgetragenen Ansicht abweicht, wie er selbst S. 29 ff. angibt: Er bezeichnet den νοῦς als etwas Geistiges, wie namentlich das 4. Capitel beweise, das von ihm allein handele und worin er als zur ψυχὴ νοητική gehörig, als unvermischt mit dem Leib, getrennt von ihm, als einfach und ohne Materie bezeichnet werde, während nirgends eine Andeutung gegeben sei, dass die Rede einem andern Vermögen sich zuwende, vielmehr der νοῦς ποιητικός erst mit Cap. 5 eingeführt werde.

Gegen Brentano's Darstellung erheben sich aber mancherlei Bedenken. Im 5. Capitel spricht Aristoteles den Unterschied aus, der in der ganzen Natur zwischen der Materie und dem ποιητικόν besteht und folgert daraus, dass auch in der Seele diese Unterschiede zwischen dem νοῦς, der Alles wird und dem νοῦς, welcher Alles bewirkt, vorhanden seien. Dann führt er fort: καὶ οὗτος ὁ νοῦς χωριστὸς καὶ ἀπαθὴς καὶ ἀμιγὴς τῇ οὐσίᾳ ὢν ἐνεργείᾳ. ἀεὶ γὰρ τιμιώτερον τὸ ποιοῦν τοῦ πάσχοντος καὶ ἡ ἀρχὴ τῆς ὕλης. Der mit γάρ eingeleitete Satz, welcher die Begründung des vorhergehenden Satzes enthält, macht deutlich, dass der eine Verstand ein ποιοῦν, der andere ein πάσχον ist und dass ein anderer Verstand als der wirkende nicht χωριστὸς καὶ ἀπαϑὴς καὶ ἀμιγής ist und dass dieser νοῦς der νοῦς δυνάμει sein müsse. Wenn Brentano der Schwierigkeit dadurch zu entgehen sucht, dass er übersetzt: auch (καί) dieser Verstand ist leidenslos, so ist in jedem Falle der Begründungssatz nicht an seiner Stelle; ebenso passt das vierte Prädikat τῇ οὐσίᾳ ὢν ἐνεργείᾳ nicht hierher, wo von der Gleichheit der beiden νοῦς gesprochen werden sollte. Wenn Aristoteles den νοῦς δυνάμει als leidend bezeichnet, so müssen wir uns erinnern, dass, da er vom Objekt nicht corrumpirt wird, das Leiden nur uneigentlich ein Leiden zu nennen ist, womit übereinstimmt, dass der νοῦς an andern Stellen als ἀπαϑής bezeichnet wird. Andrerseits wird er ἀμιγής genannt, weil er nichts Fremdes in sich duldet, ausser der vollkommnen Möglichkeit, durch die er für das Denken aller Dinge offen steht. Endlich aber spricht Aristoteles im 4. Capitel vom νοῦς im Allgemeinen, den er der ψυχὴ αἰσϑητική gegenüberstellt, wiewohl er allerdings meistentheils nur vom νοῦς δυνάμει gesprochen hat; erst am Ende der ganzen Untersuchung kommt er zu einer Unterscheidung der beiden νοῦς. Aristoteles fährt in den citirten Stellen fort: χωρισϑεὶς δ' ἐστὶ μόνον τοῦϑ' ὅπερ ἐστί, καὶ τοῦτο μόνον ἀϑάνατον καὶ ἀΐδιον. τοῦτο μὲν ἀπαϑές, ὁ δὲ παϑητικὸς νοῦς φϑαρτὸς καὶ ἄνευ τούτου οὐδὲν νοεῖ. Wie Aristoteles im ganzen Capitel die Unterscheidung der νοῦς behandelt, so muss dies auch hier der Fall sein; das erstere muss also vom νοῦς ποιητικός, das letztere vom νοῦς δυνάμει verstanden werden; der νοῦς παϑητικός ist φϑαρτός, während der andere allein unsterblich ist. Hier hilft sich Brentano dadurch, dass er den νοῦς παϑητικός als die Phantasie bezeichnet, welche als sinnliches Vermögen nicht an der ἀπάϑεια des aufnehmenden Verstandes theilnimmt und zeigt (S. 208 f.) theils, dass überhaupt der Begriff des νοῦς von Aristoteles verschiedenartig gebraucht werde, theils wie die Phantasie zum νοεῖν gerechnet (de an. 3, 3, 5), auch eine Art νόησις genannt werde (3, 10). Allein Aristoteles hat in seiner Schrift über die Seele die Phantasie nicht mit dem Namen νοῦς bezeichnet, sondern nur

als eine Art *νόησις*; andrerseits wäre es ganz besonders
auffällig, wenn Aristoteles gerade an dieser Stelle, wo er
den *νοῦς δυνάμει* und *ποιητικός* gegenüberstellt und behandelt, plötzlich einen andern von den beiden ganz verschiedenen *νοῦς* ohne nähere Bezeichnung, dass er darunter die
Phantasie verstehe, ich möchte fast sagen, der Verwirrung
wegen erwähnt hätte. Endlich aber kommt der Verf. selbst
in die Enge, wenn er, der vorher betont hatte, dass der *νοῦς*
getrennt und leidenslos sei, jetzt plötzlich sich über die Viel-
deutigkeit des *νοῦς* erklärt und ein Leiden desselben anzu-
nehmen sich genöthigt sieht. Der Verf. sieht aber in diesen
ganzen Sätzen nur eine Begründung der Geistigkeit des
νοῦς ποιητικός und übersieht folglich den Gegensatz, in
welchem derselbe zum *νοῦς δυνάμει* im oben erwähnten Sinn
steht. Wenn er ferner nachweist, dass auch das wirkende
Princip in unserer Seele sich finde, also nicht eine fremde
Substanz sei, so scheint, da im 5. Capitel der *νοῦς ποιητικός* etwas Denkendes ist, während doch der aufnehmende
Verstand unser einziges geistig erkennendes Vermögen ist,
nichts übrig zu bleiben, als das wirkende Princip von der
Seele zu trennen und es als eine eigne, dem Wesen des
Menschen fremde Substanz zu betrachten.

Auch sind die Resultate, die Brentano aus de an. 3, 5
zieht, besonders dasjenige, wonach in der Vergleichung des
wirkenden Verstands mit dem Licht gezeigt sein soll, dass
dieser Verstand zunächst auf den sensitiven Theil wirke, nicht
frei von Bedenken. Es stösst aber auf noch grössere Schwierigkeiten seine Auslegung der Worte desselben Capitels: *ἀλλ'
οὐχ ὁτὲ μὲν νοεῖ, ὁτὲ δ' οὐ νοεῖ*. Festhaltend an der herkömm-
lichen Lesart, wonach *οὐχ* im Text behalten wird, bezieht er
die Worte auf den ewig denkenden, göttlichen *νοῦς*, ohne ihn
mit dem *νοῦς ποιητικός* zu identificiren. Indem dieses Princip in dem einen Gedanken, den es ewig denkt, das erste
Princip alles Seienden, und darum alle Dinge denkt, ist es
zugleich dasjenige, von welchem der geistige Theil des Menschen ausgeht, um sich mit dem leiblichen Menschen zu
einer Substanz zu vereinigen (S. 188).

Ebenso bleiben noch Schwierigkeiten übrig, wie wir uns das Verhältniss des νοῦς ποιητικός zum göttlichen Denken vorstellen sollen. Durch einen unmittelbaren Akt Gottes soll der geistige Theil des Menschen aus nichts gewirkt und zugleich dem leiblichen seine Bestimmtheit als menschlicher Leib gegeben werden. Weiter werde ich mich über alle diese Bedenken an einem andern Ort verbreiten.

Druck von G. Bernstein in Berlin.